_____ 님께

사랑이/가득한 당신에게 이 책을 드립니다.

_____

_____

_____

_____ 드림

오늘도
연애에
실패한
당신을
위하여

초판 1쇄 발행 2008년 7월 10일

지은이 이혜정
발행인 최규학

기획·진행 장성두
마케팅 최복락
표지디자인 이혜정
표지일러스트 김미정
내지디자인·일러스트 Arowa & Arowana

임프린트 체온365
발행처 도서출판 ITC
등록번호 제8-399호
등록일자 2003년 4월 15일

주소 경기도 파주시 교하읍 문발리 파주출판단지 535-7 세종출판벤처타운 307호
전화 031-955-4353
팩스 031-955-4355
이메일 chaeon365@itcpub.co.kr

인쇄 해외정판사   **용지** 태경지업사   **제본** 반도제책사

ISBN-10 : 89-90758-99-8
ISBN-13 : 978-89-90758-99-6 부가기호 03810

값 10,000원

www.itcpub.co.kr

오늘도 연애에 실패한 당신을 위하여

mimi's photo essay

이혜정 지음

체온
365
CHAEON

차 례

머리말

길을 지나다 혹은 친구를 기다리다 우연히 보게 되는 주얼리 샵의 커플링들……. 마치 세상의 모든 사람들이 쌍이어야 된다는 듯 당당하게 전시된 그 모습을 보면 약간의 의문이 생깁니다. 조금만 시선을 돌려도 볼수 있는 바삐 걸어가는 사람들은 모두 사랑하는 사람이 있는 걸까요? 그래야 이 수많은 커플링도 수요와 공급의 법칙에 따라 끊임없이 생겨날 테니까요.

저는 처음 남자친구를 사귄 것이 고3때였습니다. 여중, 여고를 다녔고 육상부에 체육부장, 어쩌다 삭발을 할 정도로 여성스러움과는 친하지 않았습니다. 여자친구를 사귀는 법은 알아도, 남자친구는 어떻게 구하는 것인지 모르는 연애 숙맥이었습니다.

그런데 마침, 다니던 동네 유치원 겸 미술학원에 꼬마들이 아닌 어엿한 남학생이 등록을 하였습니다.

'남자다!'

고3, 그 바쁜 와중에도 관심이 가더군요. 저희들은 같이 저녁을 먹고, 그림을 그리고, 공통된 고민을 나누면서 친해지게 되었습니다.

　그러던 어느 날, 은근히 호감을 가지고 있었던 그 남학생이 사귀자고 하더군요. 지금 생각하면 웃음이 나지만 그 당시에는 믿을 수 없는 일이었습니다. 여자가 아닌 누군가가 저에게 관심을 보여 준다는 것이 고마웠습니다. 일은 착착 진행되어 저희는 사귀게 되었고, 학원이 끝나면 집에 바래다 주기도 했습니다. 그리고 일주일 뒤에 용돈을 모아 샀다며 심플한 은반지를 주더군요. 그때는 너무 좋아서 뜬눈으로 밤을 새웠습니다.

　하지만 행복과 희망에 가득 찬 세상은 그리 오래 가지 않았습니다. 몇 주가 지나자 남자친구는 왠지 모르게 저를 멀리하고 말투도 더 이상 다정하지 않았습니다. 차라리 '헤어지자'라고 얘기해 줬으면 며칠 마음 고생하고 말았겠지만, 그는 냉랭한 침묵으로 일관했습니다. 저는 이유도 모르는 채 '사랑의 도시'에서 '변방'으로 쫓겨난 신세가 되었습니다. 학원 수업을 마치고 집으로 돌아오던 길의 힘들었던 심정이 아직도 기억납니다. 반지를 낀 왼손이 어찌나 무겁던지……. 하염없이 반지를 만지작거리면서 이런 생각을 했습니다.

　'그래, 너는 그냥 물건이 아니구나. 약속과 책임의 무게도 가지고 있구나.'

그때 이후론 한 번도 커플링 같은 것을 끼지 않았습니다. 제 인생에서 끼게 될 반지는 단 하나의 결혼반지로 족하다고 생각했습니다. 그리고 얼마 지나지 않아 남자친구는 저에게 이별을 통보하고 다른 사람에게로 가버렸습니다. 손 한번 잡아보지 못한 풋사랑은 그렇게 허무해지더군요.

그로부터 십 년이 넘는 세월이 지났습니다. 연애에 관해서라면 어딜 가도 꿀리지 않을 정도로 삽질도 해보고, 여러 가지 형태의 사랑도 알게 되고, 다시는 일어설 수 없을 만큼 상처도 받아봤습니다. 이제는 하산해도 될 만큼 득도의 경지에 이르렀다고 생각했습니다.

하지만 인생에 있어서, 모든 연애에 있어서 정답은 없더군요. 〈혼자 사는 남자, 배성우〉라는 연극을 본 적이 있는데 이런 대사가 있었습니다.
'세상에 정답은 없어. 문제집 뒤에 있는 답안지도 정답이 아니라 모범 답안이잖아.'
네, 그런가 봅니다. 한동안 선풍적인 인기를 끌었던 '자기계발서'들의 정답이 통하지 않을 때도 있었고, 라디오 DJ의 시답잖은 농담이 저의 인생관을 바꿔 놓을 때도 있었습니다.

그래서 이제는 저만의 모범 답안을 작성하기로 했습니다. 그리고 이것이 오늘도 연애에 실패한 당신을 위하여 조금이라도 도움이 되었으면 좋겠습니다. 인생은 삽질의 연속이고, 오늘도 어딘가에서 땅을 파고 있을 그대를 위하여, 동병상련(同病相憐)의 마음으로 이마에 흐르는 땀이라도 닦아 드리고 싶습니다.

그럼, 자, 시작해봅시다!

이 혜 정

SOMEDAY
RAINYDAY
AND
SOMEDAY
SHINYDAY

일월, 이월, 삼월의 이야기

날 사랑하냐고 물어보지 않을게.
대신 사랑받고 있다는 믿음을 줘.

다시 시작된 일월

말로 전하는 존재감은
오래 기억되지
않습니다.

지치고 쓸쓸한 당신의 등을 안아줄 수 있다는 것은
저에게만 허락된 비밀스런 기쁨입니다.
하지만 때로는
손을 뻗쳐도 잡을 수 없을 만큼 멀어진 당신의 등이
숨겨져 있던 외로움을 불러냅니다.
그러니 사랑하는 그대여,
저를 두고 먼저 가진 말아주세요.
당신의 등을 보며 걸어야 하는 저는
외로움에게 자꾸만 발목이 잡히고 맙니다.
어느 순간인가 쫓아갈 수 없을 만큼 뒤처질까 봐 그것이 두렵습니다.
부디 저를 잊지 말아주세요.
언제나 당신 곁에서 걸을 수 있도록 손을 잡아주세요.

시간이 날 때마다 틈틈이 글을 쓰곤 합니다. 소설이나 수필을 써야 되겠다는 뚜렷한 목표는 없지만, 좋은 말을 듣거나 인상 깊은 구절을 읽었을 땐 잊지 않고 새길 수 있도록 메모를 해둡니다.

그리고 이것이 쌓이다 보니 좀 더 잘 써봐야겠다는 생각이 들어 연습을 할 때도 있습니다. 그러면서 나름대로 지켜야 할 룰을 정해놓기도 합니다. 예를 들어, '아주', '너무', '진짜로'와 같은 단순한 부사는 쓰지 않으려고 노력합니다. 왜냐하면 이런 단어들은 표현력을 기르는 데 도움을 주지 못한다는 개인적인 생각 때문입니다.

대화를 할 때에도 마찬가지로 사용을 자제해야 할 단어가 있습니다. 그것이 친한 친구나 오래된 연인 사이가 아니라 사람을 처음 만나는 단계에서는 더욱 중요합니다. "제가 어제 이런 일이 있었는데요.", "제 친구 중에 이런 놈이 있는데요.", "저희 회사에서는 이런 일을 합니다.", "제 좌우명이 이겁니다.", "제가 좋아하는 음식입니다.", "저는 그런 것 별로 안 좋아합니다." 등등 끊임없이 말하게 되는 '저' 혹은 '나'라는 단어들……

이것이 취업 면접에서 주어지는 자기PR 시간도 아닌데, 상대방에게 자신에 대한 정보를 주기 위해 노력합니다. 그러기 전에 상대방의 수저를 챙겨 주는 모습, 보조를 맞추어 걸어 주는 모습, 문을 열어서 먼저 나가게 기다려 주는 모습들이 더 기억에 남는데 말입니다. 굳이 자신에 대하여 내세우지 않아도 행동하는 것 하나하나에서 어떤 사람인지 알 수 있습니다.

  몇 개월 전 회사가 바빠지기 직전에 친구의 소개로 한 사람을 만난 적이 있습니다. '어떤 사람이야?'라는 질문에 '괜찮은 사람이야.'라는 친구의 대답이 전부였습니다. 친구는 그 사람에게 저의 이름과 전화번호를 알려 주었고, 며칠 뒤 연락이 와서 만날 시간과 장소를 정했습니다.

  처음 만난 그 사람의 인상은 그다지 나쁘지도 그렇다고 아주 좋지도 않은 평범한 이미지였습니다. 저희는 저녁을 먹고, 근처 커피숍에서 따뜻한 카푸치노를 마시며 세 시간 정도 대화를 하였습니다.

  그는 아주 성실한 사람으로 남들이 모두 인정해 줄 만한 성공한 사람 중의 한 명이었습니다. '살아보니까 돈이 최고더라.'라고 말하던 친구들의 충고가 메신저 알림창처럼 번쩍 뜨고 지나가더군요.

  하지만 집으로 돌아온 뒤 친구에게 짧은 보고를 하고 다시 만나지 않았습니다. 타인에 대한 배려심은 말로 하는 것이 아니라 행동으로 나타나는 것입니다. 저에게는 세 시간 동안 들었던 그의 성공 스토리보다는 차에서 내릴 겨를도 주지 않고 먼저 내려서 가버리는 그의 행동이 더욱 오래 기억되었습니다.

세상에서 가장 매력적인 사람은
사랑을 하고 있는 사람입니다.

나의 소원은 오직 한 가지뿐

그대 곁에서 오직 그대 곁에서 일생을 살아가는 것.

_ Erik Satie의 〈Je Te Veux〉 중에서

첫 직장 생활을 시작할 무렵 저에게는 존경할 만한 많은 선배동료들이 생기게 되었습니다. 그 중 가장 기억에 남는 사람은 단연 '최과장님'이라고 해도 될 듯합니다. 누구보다도 자기계발에 노력하고, 그것에 걸맞은 실력을 갖추고 있었습니다.

하지만 이것은 단지 일에 국한된 문제이지 사적인 관계에서는 개와 고양이처럼 다퉜습니다. 물론 사사건건 시비를 건 것은 저였지만, 원인 제공은 언제나 과장님이 하였습니다. 왜? 그 모든 안주를 바닥내는 것이며, 왜? 밥 먹을 때마다 제 것을 빼앗아 먹는 겁니까? 네, 그렇습니다. 저희는 주로 먹는 걸로 싸웠습니다. 왜 그랬나 싶기도 하지만, 다시 만나면 또 그럴 것 같기도 합니다.

그러던 어느 날, 사진 촬영 때문에 부산으로 출장을 가게 되었습니다. 시속 80킬로미터 이상을 밟으면 지붕과 바퀴가 완전 분리될 것 같은 과장님의 고물차를 끌고 고속도로를 탔습니다. 밥 먹을 때만 아니면 사이가 좋았던 저희들은 과자도 나눠 먹고 인생 얘기도 하며 적당히 달렸습니다.

그때 마침 카세트 테이프에서 처음 들어보는 중저음의 노래가 나오더군요. 이미 꽤 오래 전 일이라 어떤 가사였는지는 전부 기억나지 않지만, 그중 한 구절은 아직도 가슴에 남아 있습니다.

'당신을 제외한 인생은 하늘이 내게 주신 덤이오……'

과장님은 그 노래를 들으며 진지하게 말했습니다.

"형편이 좀 나아지면 여자친구한테 이 노래 불러 주며 청혼할 거야."

3년 전인가 그 여자친구분과 결혼하였는데, 이 노래를 불러 주었는지는 모르겠습니다. 하지만, 언제나 여자친구를 향한 일편단심은 과장님을 세상에서 가장 멋진 남자로 보이게 만들었습니다.

누군가를 사랑하고, 그렇기 때문에 노력하고, 그렇기 때문에 행복한 사람이 매력적이지 않을 수 있겠습니까? 가끔 가다 그다지 친하지 않은 사람이 애인 혹은 아내에 관한 불평을 늘어놓을 때가 있습니다. 한두 번이면 정말 속상한 일이었나 보다 싶어 들어 주겠는데, 매번 그럴 때는 이런 생각이 듭니다.

'아~, 저 사람 애인이 아니라서 다행이다.'

마음에 드는 돌멩이를 찾는 일부터 시작하세요.

말보다 마음을 들을 줄 알고,

모습보다 마음을 볼 줄 알고,

조건보다 마음을 품을 수 있을 때 사랑은 온다.

오만과 편견의 껍질을 벗어버릴 때,

그때 비로소 사랑은 온다.

— 송정림의 《명작에게 길을 묻다》 중에서

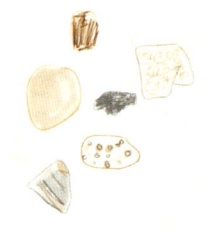

서로의 사회생활이 바빠 한동안 만나지 못했던 친구를 만났습니다. 비 오는 명동 거리를 헤매다 쭈꾸미 볶음을 하는 식당이 있어 들어갔습니다. 홀에서 일하는 아주머니가 주문을 받고 돌아가자 친구는 한숨을 쉬며 말을 꺼냈습니다.

"요즘 동생 때문에 걱정이야. 아무리 말려도 듣지를 않아."

그녀는 미간 사이에 잔뜩 주름을 잡으며 동생 이야기를 시작했습니다.

"대학 졸업하고 취직을 했는데 같은 부서에 있는 상사랑 사귀지 뭐야. 그런데 문제는 그 남자가 유부남이라는 거야. 그래도 자기를 너무 사랑한다나? 절대 헤어질 수 없데. 그 애가 연애 한번 못해 보더니 걸려도 단단히 걸렸어."

불륜이 일종의 트렌드가 되어버린 시대에 살다 보니 별로 놀랍지도 않았습니다. 이렇게 담담한 제 자신이 서글프게도 느껴졌습니다.

"이혼한다는 남자 말에 일 년은 가겠네. 말려 보고 안 되면 그냥 놔둬. 후회해 봐야 정신을 차리지."

솔로인 친구들과 가끔씩 만나 이야기를 하다 보면 이런 말들이 나올 때가 있습니다.

"세상의 괜찮은 남자들은 다 유부남이거나 애인이 있거나 게이야."

네, 물론 그럴 수도 있지만 진정 괜찮은 보석을 아직 발견하지 못한 것은 아닐까요?

예전에 읽었던 만화책 중에 이런 내용이 있었습니다.

한 남자가 결혼을 앞둔 여자주인공을 짝사랑하게 되었습니다. 그는 자신의 마음을 주체할 수 없어서 그녀에게 사랑 상담을 하였습니다. 짝사랑하는 여자가 있는데 그 여자에게는 이미 다른 남자가 있다며 어떻게 해야 될지 물었습니다. 그러자 여자주인공이 충고를 해주더군요.

"당신은 참 도둑놈 심보군요. 분명 그 남자는 그 아가씨가 그저 평범한 돌멩이에 지나지 않을 때부터 주워서 애정을 가지고 갈고 닦아 빛나는 보석으로 만들었을 거예요. 당신은 그 과정 없이 그저 남이 만들어 놓은 보석을 탐하기만 하니 그게 도둑놈 심보지 뭐예요. 당신도 마음에 드는 돌멩이를 찾는 일부터 시작하세요."

유부녀가 아름답게 보이고, 유부남이 멋있어 보일 때가 있습니다. 그것은 '인생의 반려자'를 만나 서로를 다듬어 줬기에 그렇게 빛나는 것이 아닐까요?

아마도 지금 당신이 빛난다면, 그것은 온전히 당신 혼자만의 노력 때문은 아닐 것입니다.

순백의 만월이 뜨는 이월

당신에게 갈 테니
제 자리를 비워 두세요.

모든 사람에 대해서 친구인 사람은 누구에 대해서도 친구가 아닌 것이다.

_ 이언

과거에 한 번도 적을 만들어 본 일이 없는 인간은 결코 친구를 가질 수 없다.

_ 테니슨

오랫동안 알고 지낸 지인이 있습니다. 처음엔 직장 선배로 만났지만 꽤 많은 시간을 함께 했고, 꽤 많은 술을 함께 마셨고, 꽤 많은 이야기를 나누었습니다. 친구들만큼 편한 사이는 아니어도 대리님, 팀장님이라는 호칭으로 부르기엔 민망한 언니, 동생 사이였습니다. 하는 일이 틀려서 요즘엔 거의 만날 기회가 없지만 가끔씩 그 언니 생각을 하곤 합니다. 왜냐하면 그 사람만큼 다가서기 힘든 사람도 없었기 때문입니다.

저는 대범하면서도 소심하고, 대충대충 살면서도 계획적이고, 외향적이면서도 내성적이고, 부지런하면서도 게으릅니다. 여러분도 그러시나요? 스스로도 정의하기 힘든 '나'라는 인간을 다른 사람들이 평가할 때 공통적으로 내놓는 의견은 '편한 사람'이라는 것입니다. 아마도 그것은 뭔가 딱히 장점이 없을 때, '귀엽게 생겼네.', '성격 좋아보이네.' 등등과 비슷할지는 몰라도 가장 많이 듣는 말이기에 스스로도 그런 줄 알고 살아가고 있습니다. 😌 그래서인지 인간 관계를 시작할 때 다른 사람들에게 쉽게 다가가고 빨리 친해지는 편입니다.

보통 잘 모르던 사람들과 친해지는 방법은 '술'입니다. 🍸 주량을 넘어서게 마실 경우에는 마음에도 없는 말과 행동이 튀어나와 곤혹스럽기도 하지만, 대부분의 경우에는 단단하게 포장된 겉치레를 벗겨 버리고 인간 대 인간의 만남을 주선해 줍니다. 😌

평소엔 나름대로 이미지 관리에 신경 쓰던 저도 이때만큼은 여러 가지 이야기를 하게 됩니다. 만화책을 보면서 걷다가 심하게 넘어져서 치마가 훌러덩 뒤집어진 일이나, 버스 안에서 침 흘리고 자다가 민망했던 일이나, 요즘 스트레스를 받게 만드는 고민거리들을 툴툴 털어 놓습니다. 그러면 상대방은 함께 웃기도 하고 진지한 충고도 해주며 술자리는 무르익게 됩니다. 다음 날 일어나면 '내가 그 얘길 왜 했더라?'라며 머리를 긁을진 모르지만, 좀 더 쫀득쫀득해진 관계를 경험하게 됩니다.

그런데 이 '관계'라는 것은 묘하게도 '기브엔테이크'가 되어야 합니다. 어느 정도 수위가 마음을 여는 기준이라고 백과사전에 나와 있지는 않지만, 제가 별의별 얘기를 다 하는 동안 상대방은 청렴결백한 정승처럼 고고하게 있으면 왠지 모르게 손해 보는 기분이 듭니다. "아놔~ 그래서 싸울 뻔했잖아."라고 침 튀기며 얘기하는데, "싸우는 건 나쁜 짓이야."라는 대답을 듣는 것과 같다고나 할까요.

우리는 감정을 지닌 인간입니다. 그래서 완벽하지 않고 완벽할 수도 없습니다. 당신이 완벽하지 않다는 것은 누구나 알고 있는데, 왜 그렇게 흠집 없는 사람인 양 옳은 말만 하는 것입니까? 때로는 부족함이 완벽함을 이길 때도 있다는 사실을 아셔야 합니다.

흙 속에 물이 스며드는 것은 공간이 있기 때문입니다. 그러니 누군가가 스며들 수 있는 공간을 만들어 두세요. 사실은 힘들면서, 외로우면서, 강한 척하실 필요는 없습니다.

'거짓말'에 놀라는 것이 아니라
'거짓말'을 할 수 있다는 사실에
놀라는 것입니다.

이 한 잔으로 지금의 괴로움을 이겨낼 수만 있다면…….

술을 많이 마시던 때가 있었습니다. 무슨 스트레스가 그렇게 쌓였는지 일 년 동안 마실 술을 한 달만에 다 마셨던 것 같습니다. 왜 이렇게 일거리를 주는지, 똥고집 팀원들을 어떻게 다루어야 하는지, 야근식대는 언제쯤 나올 것인지…… 고민해야 할 문제들은 늘면 늘었지 줄어들진 않았습니다. 덕분에 폭식해도 늘지 않던 몸무게가 6킬로그램이나 불어버렸습니다.

그날도 어김없이 회사 사람들과 술을 마셨습니다. 저녁식사를 하러 나갔다가 소주 한 병을 추가시킨 것이 시작이었습니다. 언제나 그렇듯, 시작은 미비하나 그 끝은 창대하리라! 저희들은 쭉 달렸습니다.

그런데 웬일입니까! 평소 죽어라 전화를 안 하던 남자친구가 돗자리 펴도 될 만한 감으로 전화를 한 겁니다. 저는 남자친구가 걱정할까봐, 밥 먹으러 나왔으니 금방 들어갈 것이라며 대충 둘러댔습니다.

'음……. 쿨럭, 쿨럭.'

네, 네. 사실은 잔소리 들을 것 같아서 거짓말을 한 겁니다.

부어라 마셔라 하는 사이 바야흐로 막차 시간이 다가 왔고, 저희들은 또 내일을 기약하며 집으로 돌아갔습니다. 그런데 집을 코앞에 두고 걸어가던 중 솔직한 걸로 치면 이승복 어린이가 울고 갈 정도로 대책 없는 제 성격상 아까 했던 거짓말이 계속 찜찜한 겁니다.

'왜 그랬을까? 그냥 사실대로 얘기할 걸. 내가 술 마시고 늦게 들어간

다고 잠 못 잘 사람도 아닌데.'

저는 아무 생각 없이 전화를 했고, 솔직하게 이야기를 했습니다.

"오빠, 사실은 오늘 사람들이랑 술 마셨어. 지금 들어가는 길이야~" 🙂

무엇을 기대했던 것일까요? 아니, 아무런 기대도 없었지만 돌아온 대답은 생각하지 못한 기습 라이트 훅이었습니다.

"하……. 너 정말 거짓말을 잘하는구나! 전혀 눈치도 못 챘네."

그리고 어퍼컷 한 방 더.

"지금 집에 들어가는 건 맞아?"

😐

남자친구는 제가 했던 거짓말보다 제가 거짓말을 할 수 있다는 사실이 더 충격이었던 모양입니다. 사실, 우리들이 흔히 하는 사소한 거짓말들이 내일의 종말을 부른다거나 가정의 파탄을 초래하진 않습니다. 그런데도 불구하고 한 순간을 모면하고자 끊임없이 거짓말을 합니다. 관계의 기본은 '믿음'인데도 불구하고 말입니다.

거·짓·말

필요하다면 할 수도 있습니다. 하지만 그것은 확실하게! 100%! 절대! 무덤에 들어가는 그 순간까지! 들키지 않을 자신이 있을 때만 해야 합니다. 😉

때로는
개똥보다 쓸모 없는
솔직함도 있습니다.

당신을 만난 것이 잘못이라면 전 잘못돼도 괜찮습니다.

_ 마츠모토 토모의 《Kiss》 중에서

예전 직장을 같이 다니던 친한 동생과 밥을 먹다가 고민상담을 해주게 되었습니다. 사실 그 녀석의 고민이라 하면 연애 문제밖에 없기 때문에 대충 들어주었습니다.

풀어놓은 이야기의 줄거리를 말하자면, 여자친구와 싸워서 잠시 헤어졌을 무렵 자신을 좋아하며 쫓아다니던 여자애가 있었답니다. 그래서 두세 번 같이 술을 마셨지만 자신은 그 여자에게 별로 관심도 없었기에 사귀자는 제안을 매몰차게 거절하고 더 이상 연락하지 않는다는 것이었습니다.

"그럼 얘기 끝난 것 아냐? 뭐가 고민인데?"

평소에 워낙 시답지 않은 문제로 고민하던 녀석이라 또 그러려니 싶었습니다.

"아니, 그게 아니라……. 물론 그 여자애랑은 아무 일도 없었지만, 자꾸 양심의 가책이 느껴져서 말이야. 여자친구한테 그냥 솔직하게 털어놓는 것이 좋지 않을까? 사실 우리는 그때 헤어진 상태였고, 술 몇 번 같이 마신 것이 큰 잘못은 아니잖아."

그놈은 한껏 억울하다는 표정으로 저의 동의를 구했습니다.

"그렇게 큰 잘못도 아닌데 양심의 가책은 왜 느끼냐?"

"나도 모르지~ 어떡해? 솔직하게 얘기하는 것이 낫겠지?"

저는 눈을 반짝이며 동의를 구하는 그 녀석에게 원하는 대답을 해줄 수 없었습니다.

"매를 벌어라. 그걸 왜 얘기해?"

믿음이란 사랑하는 사람과의 관계에서 없어서는 안 될 중요한 요소입니다. 그렇기 때문에 자신의 본 모습에 자신이 없다 하더라도 용기를 내어 솔직해질 필요가 있습니다. 그런데 믿음의 핵심은 솔직함이고, 그것을 보여 줌으로써 자신의 의무를 다한다고 생각하는 사람들이 있습니다. 중요한 것은 누군가를 위한 솔직함인지 생각해 봐야 하는데 말입니다.

저는 그 녀석에게 물었습니다.

"네가 그렇게 얘기하는 것이 누구를 위한 솔직함인지 생각은 해봤니?"

"갑자기 무슨 소리야?"

"너는 여자친구를 위한답시고 솔직하게 얘기한다지만 그건 너 마음의 짐을 가볍게 하기 위한 것뿐이잖아. 털어놓고 나면 속 시원하겠지? 그럼, 그 짐을 받은 사람은 어떻겠어? 때로는 솔직하지 않은 것이 상대방을 위하는 거야."

물론 바람을 피우고도 숨기면서 상대방을 기만하라는 말이 아닙니다. 단지, 상대방에게 보여 줄 솔직함을 상대방 입장에서 한 번쯤은 생각해 보고 결정하였으면 합니다. 무심코 던진 돌에 개구리는 맞아 죽습니다. 사람이야 맞아 죽기야 하겠느냐마는 가슴에 피멍이 드는 것은 매일반입니다.

심장의 소리가 들리는 삼월

가장 슬픈 한 단어, '나중에'

지금 이 순간을 기억하고 싶어요.

속까지 꽉 채워 경상도 아가씨인 저는 '무드'와는 그다지 친하지 않습니다. 생일 선물로 메모리 카드나 외장하드를 사달라고 하거나 5D나 노트북을 받으면 제일 기쁠 것 같습니다.

하지만 메마른 땅에도 봄은 오고 사막에서도 꽃을 피우는 게 사랑이더군요. 😎 남자친구에게서 처음 받은 생일 선물은 큐빅이 커다랗게 박힌 금반지였습니다. 바지에 손을 넣을 때마다 불편해서 자주 끼지는 못했지만, 그때 했던 그의 말은 영원히 기억할 것 같았습니다.

"나중에 성공해서 이만한 다이아가 박힌 진짜 반지를 사줄게." ⭐

비록 그것이 들풀로 엮은 꽃반지라 하여도 그가 준 마음만으로도 충분히 행복했습니다.

그리고 그 뒤에도 몇 번인가 그와 비슷한 말을 들을 수 있었습니다.

"나중에 졸업하고 나면 많이 놀아줄게!"

"나중에 이 일만 끝나면 같이 여행가자!"

"나중에 생일 때 근사하게 보내자!"

언제나 바빴던 그는 이 말들을 거의 지킬 수가 없었습니다. 매번 기대하지 않아야겠다고 다짐을 하면서도 살짝 기대하고 있었던 저는 여러 번 실망을 하였습니다. 이제는 행여 누군가가 '나중에……'라고 시작되는 말을 하면, "언제? 어떻게? 정확히 그것을 실천하기 위한 어떤 계획을 가지고 있는지 10페이지 내외 PPT로 작성해 오도록!"이라고 말하고 싶습니다. 😑 누구나 건성으로 말하는 '나중에'와 진심이 담긴 '나중에'를 구별하는 능력이 있습니다.

결혼생활 5년 동안,
우리가 함께 지낸 시간은 그 절반쯤이었을 것이다.
그 절반의 절반 이상의 밤을 나나 그녀 가운데 하나 혹은 둘 다
밤을 새워 일하거나 공부해야 했다.

우리는 성공을 위해서 참으로 열심히 살았다.
모든 기쁨과 쾌락을 일단 유보해 두고,
그것들은 나중에 더 크게 왕창 한꺼번에 누리기로 하고,
우리는 주말여행이나 영화구경이나
댄스파티나 쇼핑이나 피크닉을 극도로 절제했다.

그즈음의 그녀가 간혹 내게 말했었다.
"당신은 마치 행복해질까 봐 겁내는 사람 같아요."
그녀는 또 이렇게 말하기도 했다.
"다섯 살 때였나봐요.
어느 날 동네에서 놀고 있는데
피아노를 실은 트럭이 와서 우리 집 앞에 서는 거예요.

난 지금도 그때의 흥분을 잊을 수가 없어요.

우리 아빠가 바로 그 시절을 놓치고

몇 년 뒤에 피아노 백 대를 사줬다고 해도

내게 그런 감격을 느끼게 만들지는 못했을 거예요."

서울의 어머니는 어머니대로 내게 이런 편지를 보내시곤 했다.

"한길아, 어떤 때의 시련은 큰 그릇을 만들어내기도 하지만,

대개의 경우 시련이란 보통의 그릇을 찌그러뜨려 놓기가 일쑤란다."

anyway,

미국생활 5년 만에 그녀는 변호사가 되었고

나는 신문사의 지사장이 되었다.

현재의 교포사회에서는 젊은 부부의 성공사례로 일컬어지기도 했다.

방 하나짜리 셋집에서 벗어나,

바다가 내려다보이는 언덕 위에 3층짜리 새 집을 지어 이사한 한 달 뒤에,

그녀와 나는 결혼생활의 실패를 공식적으로 인정해야만 했다.

바꾸어 말하자면, 이혼에 성공했다.

그때 그때의 작은 기쁨과 값싼 행복을 무시해버린 대가로.

_ 김한길의 ≪눈뜨면 없어라≫ 중에서

함께 누려야 할 행복을⋯⋯. 상대방에 대한 사랑을⋯⋯. 나중으로 미루지 마세요. 했었던 말들을 지킬 수 있는 시간은 의외로 짧을 수도 있습니다.

"여자를 이해하려고 하지마.
그냥 사랑하면 돼."

웃음은
위로 올라가 증발되는 성질을 가졌지만
슬픔은 밑으로 가라 앉아 앙금으로 남는다.
그래서 기쁨보다 슬픔은
오래오래 간직되는 성질을 가졌는데
사람들은 그것을 상처라고 부른다.

_공지영의 《착한 여자》 중에서

일 년에 서너 번은 배낭을 메고 여행을 다녀옵니다. 어떠한 험난한 과정을 거치더라도 후회할 수 없을 만큼의 멋진 풍경을 보고 나면 떠나는 행위를 멈출 수 없어집니다. 그런 저를 보며 '사막에 떨어뜨려 놓아도 살아서 돌아올 년'이라며 친구들은 말하곤 합니다.

어렸을 적 어머니가 남동생에게 물었습니다.

"엄마 아빠 이혼하면 누구랑 살 거야?"

옆에 있던 동생이 저를 보며 서슴없이 대답하더군요.

"작은 누나랑 살 거야. 누나랑 살면 굶어 죽진 않을 것 같아."

네, 제가 생활력 하나는 강합니다. 세계 어디를 누비고 있어도 향수병 안 걸리고 잘 지냅니다. 그저 제 몸을 누일 수 있는 곳이면 거기가 바로 집이 되니 이렇게 여행을 잘 다닐 수 있나 봅니다.

예전에 남자친구가 물었습니다.

"그렇게 여행을 좋아해서 어떡하느냐?"

하지만 그의 걱정이 큰 문제라고 생각되진 않았습니다.

"여행보다 오빠를 더 좋아하니까 걱정하지마."

"그럼, 내가 여행 가지 말라고 하면 안 갈 거야?"

자못 진지한 그의 물음에 어떻게 대답해 줄까 잠시 고민했습니다.

"그건 아냐. 같이 가면 되지."

그는 한숨을 내쉬었습니다.

"가끔가다 너를 정말 이해할 수가 없어. 그렇게 다니는데 또 가고 싶니?"

이해할 수 없다……. 회사 사람들과 이야기하다 그것과 비슷한 말이 오갔습니다. 신혼을 보내고 있던 한 과장님이 있었는데, 친한 팀장님에게 하소연을 하더군요.

"이혼할지 심각하게 고민 중이예요. 정말 제 와이프를 이해할 수가 없어요."

과장님의 전후 사정을 아는 팀장님은 담배 연기를 내뿜으며 말씀하시더군요.

"여자를 이해하려고 하지마. 그냥 사랑하면 돼."

누구나 다 노력하고 있습니다. 비록 그 노력이 눈에 보이지 않는다 하더라도 상대방에게 자신을 맞추기 위해 나름대로 노력하며 살아갑니다. 그저 우리들이 할 수 있는 것은 그 노력들이 헛되지 않게 서로를 사랑하며 살아갈 수밖에 없습니다.

아무런 이유도 없이 사랑이 찾아왔고, 아무런 조건도 없이 사랑하면 됩니다. 그리고 또 느닷없이 이별이 찾아 온다면, 숨을 죽이고 그 이별의 순간이 머리 위로 지나가기를 기다려야 합니다.

'사만다'만큼만 되었으면 좋겠습니다.

게이 클럽 화장실에서 멋있는 남자들을 구경하며 사만다가 말했다.
"당뇨병 환자가 베스킨라빈스에 온 기분이군요."

_ 《Sex And The City》 중에서

고등학교 때 친하게 지내던 세 명의 여자친구들이 있습니다. 물론 아직까지도 베스트 프렌드들이고 저까지 합하면 네 명의 멤버 구성이 됩니다. 한번은 오랜만에 넷이 뭉쳐서 와인을 마시러 갔는데, 친구 중 한 명이 ≪Sex And The City≫ 이야기를 꺼냈습니다. 그쪽 네 명이랑 우리쪽 네 명이랑 쪽수도 맞는데, 역할 분담을 해보자며 자기들끼리 키득거리더군요. 그때 전 그 드라마에 대해 잘 모르는데다 눈 앞에 있던 와인에 온 신경을 집중하고 있어서 대화를 잠시 놓쳤습니다.

그런데 어느덧, 멋쟁이 캐리와 예쁜 샤롯, 똑똑한 미란다 역할은 자기들이 다 하고 저에게는 사만다를 주는 겁니다. 🙂 그 드라마를 잘 보지 않았지만 사만다라는 인물이 조신하고 정숙하고 슈퍼 그레이트 퍼펙트한 저의 이미지와는 다르다는 기본 상식 정도는 있었습니다. 🙂 뒤늦게 친구들에게 성질을 내보았지만 이미 그녀들은 다른 이야기로 화제를 돌리고 난 후였습니다.

그리고 몇 달 전 자려고 누웠다가 잠이 오지 않아 TV를 켰습니다. 평소 리얼리티쇼와 미국 드라마를 즐겨 보는 관계로 채널은 항상 '온스타일'에 맞춰 두었는데 ≪Sex And The City≫가 나오더군요. 몇 시즌이었는지는 모르겠지만 캐리가 어느 미남 정치인과 사귀는 내용이었습니다.

그녀들은 늘 하듯이 카페에 모여 수다를 떨었고, 캐리의 남자친구에 관한 이야기를 나누었습니다. 그때 사만다가 말하길 이번 선거에서 캐리의 남자친구를 찍어 주겠다고 했습니다. 친구들이 이유를 묻자 당연한 것 아니냐는 표정으로 "잘생겼잖아."라고 대답을 하더군요. 지지난 대선에서 정몽준 후보를 지지하던 몇몇 네티즌들의 이유가 단지 잘생긴 대통령을 원한다는 것이어서 혀를 찬 적이 있었는데, 그랬던 제가 사만다의 한마디에 반하고 말았습니다.

음흉하고 밝히는 남자들을 비유하여 '늑대 같다'라는 말을 하곤 합니다. 어렸을 때 읽은 동화책 속에서도 늑대는 항상 악역을 맡아 와서 원래 그런 이미지로만 생각하고 있었는데, 어떤 글에선가 늑대는 평생 한 마리의 암컷과 사랑하며, 자신의 암컷과 새끼를 위해 목숨을 바쳐 싸운다는 부분을 읽고 늑대에 대해 다시 한번 생각해 보게 되었습니다.

드라마에서 사만다의 이미지는 자유분방하고 성(性)에 관하여 지나칠 정도로 대범합니다. 그래서인지 사만다와 닮았다는 말을 들었다고 남자친구에게 얘기했더니, 평소에 행실을 어떻게 하고 다니길래 친구들이 그런 소리를 하냐며 화를 내더군요. 늑대에 관한 편견을 가지고 있던 저나 사만다에 관한 편견을 가지고 있던 남자친구나 다를 바 없습니다.

옳고 그름의 기준이 주변의 통론이나 일반적인 의견에서 벗어나 자신만의 기준을 가지고 있었던가 생각해 봅니다. 네 명의 캐릭터 중 의외로

많은 인기를 얻게 된 '사만다'라는 인물은 모두들 틀렸다고 생각하는 의견도 당당하게 발언할 수 있는 사고방식을 가졌습니다. 우리가 가지지 못한 그 당당함과 소신 있는 가치관에 사람들은 그녀를 지지하는 것이 아닐까요?

그저 드라마가 만든 한 인물일 뿐이지만 여자도 반하게 만드는 그녀의 캐릭터가 부럽습니다.

사월, 오월, 유월의 이야기

내가 한 만큼 받아야겠다는
생각이 드는 순간
고생이 시작되는 거야.

꽃 향기에 눈이 감기는 사월

향기는 기억을 남기고,
기억은 향기로 지워지기도 합니다.

원할 때마다 꺼내어 볼 수 있을 만큼 선명한 기억은 없어.

그래서 우리는 사진에 집착하는 것일지도 모르지.

아주 오래 전의 이야기입니다. 불발로 끝난 첫 연애의 현실을 '별 것 아니었어.'라는 자기합리화로 포장시키고 지내던 어느 날이었습니다.

시내에 약속이 있어 버스를 타고 나가던 길이었는데 내릴 때쯤 되어서 누군가가 제 옆을 스치며 먼저 내렸습니다. 그 순간 후텁지근한 여름 공기를 마비시키는 산뜻한 향기가 퍼졌습니다. 그것은 헤어진 남자친구가 늘 뿌리고 다녔던 겐조 대나무향이었습니다. 저는 그냥 지나칠 수도 있었던 그 남자의 뒷모습을 확인하기 위해 서둘러 내렸습니다.

'설마 그 앤 아니겠지?'

헤어지고 난 뒤 상처받지 않았다고, 그런 놈은 없는 편이 낫다고 스스로를 다독거렸지만 상처는 상처고 그리움은 그리움이었나 봅니다. 우연히라도 한 번쯤은 길을 걷다 만날 수 있었으면 좋겠다고 생각하고 있었으니 말입니다.

그리고 몇 년이 지난 뒤, '풋풋했던 그 시절'이라는 타이틀로 그때를 기억할 수 있을 만큼 시간이 흘렀습니다. 친구에게 전해 들은 그 친구의 근황은 보통 남자들보다 일찍 결혼했고, 무럭무럭 성장하는 아들도 있다는 것이었습니다. 한때는 행복하고 아팠던 기억이 '잘됐네~'라고 웃으며 이야기를 할 만큼 시간이 지나버렸습니다. 하지만 이상하게도 저도 모르는 무의식의 세계에선 그 친구의 향기가 지워지지 않고 있었습니다. 겐조 대나무향만 맡으면 생각이 났으니까요…….

그리고 또 몇 년이 지난 뒤, 저는 서울에서 지내게 되었고 저희 집 근처에는 죽마고우인 김군이 살았습니다. 집이 가까운 탓에 장을 보거나 쇼핑을 하러 같이 다니기도 했고, 저녁쯤 할 일이 없어 뒹굴거릴 때는 집 근처에서 만나 술 한잔하기도 했습니다.

그러던 어느 날인가 볼일이 있어 그 친구 집엘 잠시 들렀는데 방안에 온통 겐조 대나무향이 나는 것이었습니다.

"으악! 이게 뭐야? 너 향수 쏟았냐?"

오만 인상을 찡그리고 물어봤더니 친구가 말했습니다.

"내가 이 향수를 좀 좋아하잖아. 검색해 보니까 방향제로도 팔더라고. 세 개 샀는데 너도 하나 줄까?"

그렇게 듣고 보니 벽에 붙은 채로 향기를 뿌려대는 방향제가 눈에 들어왔습니다.

"야야, 창문 열어. 질식할 것 같구먼. 이게 좋니?"

저의 핀잔에 김군은 들은 척도 하지 않았습니다.

"방안에서 담배 펴도 담배 냄새가 안 나~"

"쯧쯧……. 차라리 담배 냄새가 낫겠다, 이놈아!"

원래 김군이 좋아하는 향수가 겐조 대나무라는 것은 알고 있었지만 저를 만나러 나올 때 향수를 뿌리고 나오지는 않아서 그다지 의식이 없었습니다.

그런데 그날의 임팩트가 너무 강했든지 아니면 방향제의 냄새가 몸에 베인 것인지 그 뒤로 김군을 만날 때마다 겐조향이 났습니다.

향·기

사람은 그 향기만을 기억하는 것이 아닙니다. 향기가 날 때의 그 사람의 웃는 모습과 함께 했던 그날의 맑은 하늘이……. 고스란히 기억으로 남아 있는 것입니다. 세월이 지나면 기억은 희미해지지만 향기는 시간으로 무뎌진 그 기억들을 다시 꺼내어 보게 만드는 힘을 가졌습니다.

하지만 그렇다고 해서 이러한 일련의 기억들이 영원불멸하지는 않습니다. 쉽게 잊혀지지 않는 기억이나 향기도 또 다른 기억과 향기로 덮어지거나 흐려질 수 있으니까요.

예를 들어……. 이제 겐조 대나무향만 맡으면 방향제와 김군 생각이 나는 저의 기억처럼요.

인생이 꼬일 때는
자신을 뒤돌아 보세요.

외로움이란 누군가가 옆에 없어서 생기는 것이 아니라

당신 마음 속의 욕구불만이 만들어내는 것이다.

무척 우울하고 심난하던 날이 있었습니다. 😑 마침 그날 친구 집에서 자기로 했던 터라 야근을 하는 친구네 회사 앞으로 갔습니다. 혼자서 오만 가지 생각들을 리플레이시키며 도착했다는 전화를 하려고 할 때 누군가가 저를 불렀습니다. 지나가다가 봤는데 마음에 들어서 말을 걸었다며 시간 있냐고 묻더군요.

'이것이 말로만 듣던 헌팅?' 😏

기분도 꿀꿀한데 뭔가 흥미진진한 일이 벌어질 것 같아 대뜸 대답했습니다.

"맥주 한잔 하실래요?"

물론 남자분은 흔쾌히 응해 주었고 저희들은 바로 옆에 있던 호프집으로 가서 500CC 맥주를 두 잔 시켰습니다. 친구는 한 시간 뒤에나 마친다고 하고 처음 경험하는 헌팅이라 과연 상대방이 무슨 말을 할까 궁금하기도 했습니다.

그런데 웬걸? 저야 아무 생각 없이 동석을 했지만 그 남자의 목적 의식은 너무도 뚜렷했습니다. 자신이 얼마나 잘났는지 설명하는 데 20분, 요즘 여자들은 쉽게 넘어온다는 것을 설명하는 데 20분, 기분이 안 좋아서 그러는데 딱 3시간만 같이 있다 들어가라고 설득하는 데 10분 걸리더군요. 그 남자의 이야기를 들으며 '이야~ 정말 이런 사람들이 있구나. 세상 오래 살고 봐야겠다.' 싶었습니다.

"죄송해요. 잘 생기셨는데 제 타입은 아니시네요."라며 잘난 척 좀 하고 나왔습니다.

친구가 소개팅을 해서 어떤 남자를 세 번 정도 만났습니다. 그 소개팅을 주선한 것이 또 다른 제 친구였고, 자신의 동아리 선배라고 알려 주었습니다. 선배니까 잘 아는 사이겠다 싶어 안심하고 있었는데 세 번째 만나고 들어온 날 경과보고를 들었습니다.

친구가 감기에 걸려 심하게 아픈데도 불구하고 기어코 만날 약속을 잡더니, 자기 피곤하다고 집 근처로 오라고 했다는 대목에서 글렀구나 싶었습니다. 그런데 이 남자가 커피숍에서 만나서는 전날 술을 너무 많이 마셔서 몸이 안 좋다며 편한 데 가서 쉬고 싶다고 했답니다. 그러면서 하는 말이 "손만 잡고 잘게, 손만……." 요즘 중학생한테 해도 안 믿겠다 싶은 말을 그렇게 능청스럽게 하다니 간은 집에다 모셔두고 다니나 봅니다. 저희들은 당장 소개해 준 친구를 불러내서 쪼아버리고 거하게 얻어먹었습니다. 그런데, 문제는……. 이런 남자들도 친구들과 소주 한잔하는 날이면, "나는 왜 여자가 없을까?", "나는 왜 이런 여자들만 걸릴까?" 하며 신세한탄을 한다는 것입니다.

한창 외로움으로 투병하고 있을 무렵, 같은 병에 걸렸던 회사 동료 한 명이 고민을 털어놓았습니다. 회사 내에서 꽤 인기 있고, 인간성 좋기로 평판이 자자한 남자가 자기에게 사랑 고백을 했답니다.

하지만 그녀는 외로움에 사무칠지언정 확고한 자기 이상형이 있는 모양이었습니다.

"아, 난 그 사람 싫단 말이야! 내 타입이 아니야!"라고 절규하는 친구에게 한마디 해줬습니다.

"네가 진짜 배가 불렀구나!"

우리들은 '아무하고'나 '아무렇게'나 사랑할 수 있도록 만들어지지 않았지만, 무언가 계속 실패를 한다면 혹은 실패조차 없는 지루한 인생이라면 자신을 뒤돌아 봐야 하는 좋은 시점입니다.

타인에 의해서 변하는 인생이 아니라 자신에 의해서 변하는 인생을 만들어야 합니다.

'인연'을 '연인'으로 만드는 것은
스스로의 몫입니다.

저의 반쪽이신 분은 손 들어 주시겠어요?

"오늘 같이 자지 않을래?"

여행을 하다 보면 많은 사람들을 만나고, 같이 어울려서 친해지다 보면 이러한 제안도 간혹 받습니다. 겉으로는 초연한 척하지만 내심 '뜨아' 라는 단어가 만화의 충격 말풍선처럼 머릿속에 그려집니다. 도대체 저 근본도 알 수 없는 자신감은 어디서 나온단 말입니까? 그 남자들의 뇌에 는 거절당했을 때의 '쪽팔림'이라는 단어가 생성이 안 되는 것일까요?

"나 레즈비언이야." 라고 한마디 던져 놓고 생각해 보니 이러한 경악은 감탄으로 바뀝니다. 보통 연애를 시작하는 경우, 남자들이 먼저 접근을 하고 고백을 하여 사귀게 되는 것이 순서인데, 감정을 가진 같은 인간으로서 생각해 볼 때, 여자든 남자든 먼저 다가선다는 것이 쉬운 일은 아니니까요.

그렇게 어려운 '용기'를 내어 주는 남자들에게 고맙기도 하고 그런 그들이 대단하다는 생각도 듭니다. 하지만 설령 용기를 내었다가 거절당했다 하더라도 부끄럽게 생각하지 않았으면 좋겠습니다. 최선을 다한 사람을 비웃을 만큼 세상은 그리 나쁘지 않습니다.

대학교 1학년 때 짝사랑을 한 적이 있습니다.

입학한 지 얼마 지나지 않았을 때였는데 첫 필수과목 수업을 듣기 위해 강의실에 앉아 있었습니다. 마침 그 수업은 다른 과 사람들과 함께 듣는 것이라 모르는 얼굴들도 많이 보였습니다.

익숙하지 않은 사람들 사이에서 주위를 두리번거리고 있었을 때 일생 일대의 잊지 못할 사건이 일어났습니다. 강의실 뒷문을 통해 한 남자가 들어왔고 그 남자가 다시 제 눈으로 들어오면서 주변의 모든 사물들이 뿌옇게 변하는 것이었습니다. 마치 영화에서처럼 인물이 클로즈업되며 배경이 뒤로 밀리는 현상이 일어난 겁니다. 그것과 함께 알 수 없는 환희의 종소리가 머릿속에서 댕댕거리며 울리기 시작했습니다.

이건 혹시 첫눈에 반한 것?

다시는 경험해보지 못할 특이한 경험이었던지라 스스로도 믿을 수가 없었습니다.

언제나 그렇듯 머리보다 행동이 앞섰던 저는 바로 구애 작전에 돌입했습니다. 일단 안면을 트고, 자주 부딪치고, 친구들을 동원하여 그 과와 합동 술자리를 만들고, 역시 친구들을 동원하여 제가 좋아한다는 사실을 퍼뜨린 다음, 기회가 될 때마다 나랑 사귀자고 졸랐습니다.

그런데 이게 한 6개월 지났더니 일상이 되어버렸고, 어느 순간 보니 우리 두 사람은 의형제를 맺었더군요.

그 뒤 의형은 같은 여자가 보기에도 멋진 친구와 사귀게 되었고, 저는 바로 포기했습니다. 비록 몇 문장으로 설명이 되는 짧은 이야기이기는 하나 꽤 심각하게 고민했던 청춘의 한 페이지였습니다.

그렇게 노력했는데도 안 되는 것이 있다는 것을 처음 알았습니다. 하긴……. 노력한다고 되는 게 인생이었으면 벌써 애가 셋일 겁니다. 😋

하지만 결말이 안 좋았다고 하여 후회하지는 않습니다. 훗날 손주들을 무릎에 앉혀 놓고 들려 줄 추억거리가 생겼으니까요. 그리고 꼭 이야기해 주고 싶습니다. 최선을 다한다면 후회도 미련도 남지 않는다는 것을요.

김C의 라디오 방송에서 이런 이야기가 있었습니다.

'인연이라는 것은 홈쇼핑 쇼호스트처럼 "놓치면 후회하십니다." 라고 외쳐주지 않습니다.'

젊은 날의 혈기는 온데간데 없고 소심함이 극으로 달리는 저를 잡아 주는 한마디입니다.

'인연'이라는 것은 하늘이 만들어 주지만 '연인'이라는 것은 스스로 만들어야 하는 게 아닐까 생각해 봅니다.

아무것도 변한 것이 없는 오월

당신의
'선'은
어디까지입니까?

우리가 살아가는 일 속에
파도치는 날 바람부는 날이
어디 한두 번이랴.
그런 날은 조용히 닻을 내리고
오늘 일을 잠시라도
낮은 곳에 묻어두어야 한다.
우리 사랑하는 일 또한 그 같아서
파도치는 날 바람부는 날은
높은 파도를 타지 않고
낮게 낮게 밀물져야 한다.
사랑하는 이여,
상처받지 않은 사랑이 어디 있으랴.
추운 겨울 다 지내고
꽃필 차례가 바로 그대 앞에 있다.

_ 김종해의 〈그대 앞에 봄이 있다〉

한동안 친하게 지내던 오빠가 있었습니다. 같은 학교를 다니고 있었기 때문에 아침 저녁으로 인사하고 매끼 식사를 같이 했습니다. 가끔 외식하러 시내에 나갈 때나 친구들과 몰려서 잡담을 할 때도 같이 지냈던 터라 꽤 친했습니다.

그러던 어느 날, 오랜만에 친구들과 뭉치기 위해 강남역 어느 술집으로 갔습니다. 다른 친구들보다 일찍 도착했던 저희들은 맥주를 시키고 땅콩을 안주 삼아 먹으며 이야기를 했습니다. 평소 주로 들어주는 쪽인 저는 오빠의 수다에 열심히 귀 기울여 주었습니다.

그런데 갑자기 약간 긴장한 어투로 비밀 한 가지를 밝힐 게 있다고 하더군요. 맥주를 마저 비우며 얘기해 보라고 했습니다.

"음……. 너니까 별로 안 놀랄 것 같아서 말하는데……. 나 사실은 동성애자야."

그 동안 알고 지낸 사람이 남자를 좋아하는 남자라는 사실을 고백하는 순간이었습니다. 곰같이 둔해서 눈치를 챈 적은 없지만 사실에 대해서 그리 놀랍지는 않았습니다. 어떤 액션이 적절할지 몰라 잠시 고민했지만 생각보다 말이 먼저 나오더군요.

"그래? 전혀 몰랐는데?"

저희들은 일반인들의 세계가 아닌 이반인들의 세계에 대해서 이야기를 나누었고, 그 동안 속앓이를 해왔던 고민들과 연애 문제에 대해서 들어주고 조언도 해주었습니다. 근친상간은 이해하지 못해도 동성애는 이해할 수 있었습니다.

하루는, 남자친구가 다른 여자와 영화를 보고 술을 마시겠다고 전화가 왔습니다. 오랜만에 만나는 학교 선배로 저와는 친하지 않았지만 남자친구와는 친한 언니였습니다. 심심하던 차에 같이 만나자고 하려다가 그만두었습니다. 그렇다고 만나지 말라고 얘기하지도 않았습니다. 예전에 사귀었던 여자친구와 연락하는 것은 이해할 수 없지만 이성 친구를 만나는 것은 상관없었습니다. 남자친구라고 해서 꼭 남자랑만 친구를 해야 된다는 법은 없으니까요.

며칠 전, 전화할 일이 있어 휴대폰의 주소록을 뒤적거리다가 한참을 웃었습니다. 원래 휴대폰을 잘 사용하지 않아 주소록이 텅텅 비어 있는 것은 알겠는데, 1번으로 저장된 번호가 자주 가는 단골 술집으로 되어 있더군요. 가족이나 친구들의 전화번호는 알고 있으니 등록하지 않고, 그 외 필요하긴 한데 외우기 힘든 번호부터 저장하다 보니 중요도와 관계없이 입력된 모양입니다. 아마 남자친구가 생긴다 하더라도 특별 요청이 없는 한 순서대로 저장할 것 같습니다. 휴대폰 번호의 1번이 꼭 내 마음 속의 1번이라고 생각하진 않으니까요.

여기까지는 저의 이야기입니다.

누군가는 동성애를 이해하지 못할 것이고, 누군가는 자신의 애인이 이성과 만나는 것을 이해하지 못할 것이고, 누군가는 자신의 번호가 왜 1번으로 등록되어 있지 않은지 이해하지 못할 것입니다.

제가 남들보다 유별난 생각을 한다거나 개방적이라고 생각하진 않습니다. 동생이 제 앞에서 조금이라도 언성을 높이면 "이게 어디 누나 앞에서 큰 소리야? 그딴 버르장머리는 어디서 배웠어!"라고 불같이 화를 내는 것으로 보아 다분히 고리타분하고 보수적인 성향도 가지고 있습니다.

어디까지가 괜찮고 어디까지가 괜찮지 않다는 것은 지극히 개인적인 판단입니다. 시시비비가 분명하고 법적으로 제재를 받을 만한 객관적인 사실이 아닌 이상 그 누구도 다른 사람이 그어둔 선에 대해 왈가불가할 수 없습니다. 하지만 내가 사랑하는 사람은, 혹은 내가 만나는 이 사람은 자신의 선을 같이 지켜 주기를 원합니다. 그것이 상대방의 사고방식과는 상반되는 것이라 하더라도 같이 참여해 주기를 원합니다. 왜냐하면 그렇게 해야 자신이 익숙한 테두리 안에서 좀 더 마음 편하게 살 수 있을 테니까요.

당신이 그어 둔 선을 틀렸다고 생각하진 않습니다. 하지만 다른 사람이 그어 둔 선도 틀렸다고 생각하지 말아 주세요. 아무리 터무니없이 만들어진 선이라도 그것이 생기기까지는 많은 시간이 걸렸을 것입니다.

그러니 그것만큼은 아니더라도 시간을 주세요. 당신을 보고 자신의 선을 고치겠다는 결심이 설 만큼요.

난 네가 어떤 사람인지 다 알아······?

지금 당장 죽을 것 같아도 세월 지나면 다 그게 그거야.

그래서 청춘이 좋은 거 아냐.

_ 드라마 《커피 프린스 1호점》 중에서

많은 사람들을 밤잠 설치게 만들었던 드라마 ≪커피 프린스 1호점≫을 저 역시 열광하며 시청했습니다. 무슨 옷을 입어도 너끈히 소화하는 한 결과 목소리만으로도 심장을 벌렁거리게 만들었던 한성 때문만은 아니었습니다. 저에게는 작가를 만나 보고 싶을 정도로 섬세하게 표현한 주인공들의 심리 묘사가 더 크게 와 닿았습니다.

드라마가 중반을 넘어설 무렵 조금 이른 듯싶었지만 스토리는 최고점을 향해 달렸습니다. 이제까지 포석해 뒀던 갈등 구조가 심각해지고 주인공들 사이의 심리 상태는 극도의 격한 상태로 치달았습니다. 은찬이 여자라는 사실을 알고 믿음에 대한 배신으로 상처받은 한결과, 그가 떠날까 봐 사실을 밝히지 못했던 은찬의 대립구조도 흥미진진했지만, 잠시 은찬에게 흔들린 한성과 그것을 받아들일 수 없었던 유주의 심리상태가 더욱 절절했습니다. 😭

이 드라마를 보신 분이라면 한 번쯤은 유주가 좀 이기적인 것이 아닐까 생각해 보셨을 겁니다. 자기는 한성을 배신하고 떠났다가 다시 돌아온 주제에 왜 한성이 아주 잠깐 다른 여자를 좋아했던 것을 가지고 그러냐고…….

우리와 마찬가지로 한성 역시 그런 유주를 이해할 수 없었습니다. 잠시 다른 여자 때문에 마음이 흔들리긴 했으나 자신이 정말 사랑하는 사람은 유주뿐인데, 이 여자는 왜 자꾸 자신을 믿어주지 않는 것인지 답답했습니다. 하지만 간과하지 말아야 할 것은 자신의 배신과 그의 배신은 다르다고 여긴 유주의 생각입니다. 한결같이 자신만을 사랑해 왔고 또 평생 그럴 것이라고 믿었던 한성이기에 그의 배신은 일반적인 외도와는 다르다는 결론을 내린 것입니다.

이 부분에서 유주의 심정을 '충분히'는 아니지만 '어느 정도'는 이해할 수 있었습니다. 사람들은 흔히들 자신이 사랑하는 사람에 대해 웬만한 것은 모두 알고 있다고 자신합니다. 함께 했던 시간이 길면 길수록 이 생각은 확고하게 굳어져 갑니다. 그렇기 때문에 새로운 상황이 생겼을 때 상대방 입장에서의 스토리를 만들어 나갑니다. 왜냐하면 내가 너무나 잘 아는 사람이기에 분명 어떻게 행동할 것인가에 대한 확신을 가지고 있으니까요. 문제는 이렇게 혼자 확신을 가지고 혼자 결론을 내린 뒤엔 상대방의 말은 변명이나 거짓으로밖에 들리지 않는다는 것입니다.

저는 가끔씩 '만약에…….'로 시작되는 질문을 즐기는 편입니다. 그저 이런 상황이 되면 상대방은 어떻게 행동할지 궁금하기 때문입니다. 그런데 이것이 남자친구와 얘기하다 보면 질문이 아니라 취조가 되어버립니다.

하루는 남자친구에게 또 이런 질문을 하기 시작했습니다.

"오빠, 만약에 말이야~"

그러자 이미 익숙해진 그는 한숨을 내쉬었습니다.

"왜 또? 뭐가 궁금한데?"

"음……. 내 생각엔 만약 이러~이러~한 상황이 된다면 오빠는 이러~ 이렇게 할 것 같아. 맞지?"

아마도 그때 남자친구를 바라보던 저의 반짝이는 눈엔 '확신'이라는 글자가 박혀 있었을 것입니다. 그리고 보통 이럴 때 그의 반응은 한결같 았습니다.

"아예 소설을 써라, 소설을 써."

결국 제 생각이 맞았는지 맞지 않았는지는 중요하지 않습니다. 그의 결론을 존중해 주지 않고, 믿어주지 않은 것은 제 잘못이니까요.

상대방에 대해 모든 것을 안다는 오만은 독과 같습니다. 그리고 그 독 은 좋든 싫든 자신이 마시게 됩니다.

사람은 바뀌지 않습니다.

성인 만화책을 읽다가

누군가가 야한 부분을 쭈욱 찢어간 것을 발견했다.

안타까운 것은…….

다섯 페이지가 넘는 분량이었는데도 불구하고 내용 연결이 된다는 것이었다.

나의 연애사는 뺄 수 있는 부분이 없을 정도로 스토리가 꼼꼼하게 만들어지고 있는 것일까?

몇 달 동안, 연애 스트레스가 극에 달한 친구의 하소연을 들어주었습니다. 그리고 마침내 그녀가 자신의 연애사에 마침표를 찍기로 했던 날, '나도 이제 해방되는구나!' 싶어 기쁘기까지 했습니다.

물론 모든 연애가 그러하듯 마침표를 마침표라 부를 수 없고, 쉼표를 쉼표라 부를 수 없더군요. 며칠 뒤 전화가 와서는 다시 시작하기로 했다며 현영처럼 명랑한 목소리가 되어 있었습니다. 그 동안 들었던 친구 애인의 비이성적인 행동들은 핑크빛 버블이 되어 하늘로 날아가버렸습니다.

"음……. 그래, 잘됐네. 앞으론 싸우지 말고 잘 지내봐."라고 말해 주었습니다.

다른 사람들과의 술자리에서 이것과 비슷한 이야기들이 오고 가다 술에 취해 씁쓸하게 말했습니다.

"사람은 바뀌지 않아. 바뀌려고 노력할 뿐이지. 그 노력조차 없다면 다시 돌아갈 수 없을 거야. 하지만 말이야……. 사람은 바뀌지 않아……."

한때 노는 것을 좋아했던 저는 여자친구들끼리 홍대 클럽에 가서 새벽까지 놀곤 했습니다. 누군가는 그런 저의 생활이 절대 바뀌지 않을 것이라 장담하곤 했습니다.

하지만 요 몇 년 동안 클럽이 어디에 있는지도 잊고 살았고, 미니스커

트는 무릎이 시려서 잘 입지도 않습니다. 시간 나는 날이면 찜질방 가서 고등어 익히듯 뜨거운 바닥에 찰싹 붙어 있는 것을 즐기고 있습니다. 오랜만에 저를 보는 사람들은 "많이 변했는걸?"이라고 웃을지도 모르지만, 제 취향이 변했을 뿐 저라는 사람이 바뀐 것은 아닙니다.

헤어졌던 사람들이 다시 사귀는 것에 대해 고민하면 그리 찬성하고 나서진 않습니다만, 사귀지 말라고 딱 잘라 말할 수 없는 이유는 저 역시 여러 번 헤어졌다가 다시 만나 봤고, 세상의 많은 커플들이 그런 시행착오를 거치면서 알콩달콩 살고 있기 때문입니다.

그저 마음 속으로만 물어봅니다.

'그 사람은 바뀌지 않을 거야. 그것을 받아들일 각오는 되어 있어?'

어느 커피숍에서 어느 술집에서 아니면 그저 전화로든지⋯⋯. 한 번쯤은 이런 말을 들을 수 있습니다.

"예전 일은 미안해. 나 정말 잘할게. 한 번만 더 기회를 줘."

상대방이 당신을 사랑하고 당신을 위해 바뀌려고 노력한다는 것을 알 수 있을 것입니다. 하지만 단지 상대방을 보고 다시 시작하는 것에 대해 결정하지는 말았으면 좋겠습니다. 설령 그 사람의 노력이 제자리 걸음을 하더라도 그것을 받아들일 수 있는지 생각해 보세요. 바뀌지 않을 상대방을 받아들일 준비도 되어야 합니다.

그래도 살아야 하는 유월

참고 견딜 만큼 소중한 것입니까?

이별의 아픔을 겪으며 친구에게 푸념을 늘어놓았다.

"나 이제 삐뚤어질 테야! 이 남자 저 남자 다 만나고 다닐 거야!"

결혼한 친구는 산전수전 다 겪은 표정으로 말했다.

"그래, 그것도 좋겠지. 결혼하기 전에 다 해봐라."

작년 겨울, 말레이시아 친구가 놀러 왔습니다. 돌아가는 비행기가 만석이라 대기자 명단에 올려두었는데 영 자리가 나지 않아 일주일을 더 머물다 갔습니다. 덕분에 저희들은 서울 시내를 누비며 그 동안 묵혀 두었던 이야기 보따리를 풀어놓았습니다. 같은 나이에 같은 여자라서 그런지 그 친구와 이야기할 때에는 통하는 부분이 많았습니다.

　저 역시 결혼하지 않았지만 친구도 사정은 비슷하여 그것에 관한 주제가 주를 이뤘습니다. 다른 사람에게서 왜 아직도 결혼하지 않냐는 질문을 받으면 딱히 해줄 말이 없지만, 아직도 결혼을 안 한 친구를 보니 저도 모르게 질문을 하게 되더군요.
　"통통, 결혼할 생각은 없는 거야?"
　그녀는 특유의 생기발랄한 표정으로 웃었습니다.
　"그다지. 너와 같은 이유 아니겠어?"
　그 동안의 수다에 등장했던 이혼한 친구 이야기나 이상한 남편에 대한 이야기나 바쁜 일상에 대한 것들이 떠올랐습니다.
　저희들은 "어머, 어머, 웬일이야. 맞으면서도 그냥 산단 말이야?"라며 무릎을 치고 남의 이야기에 흥분했었습니다.
　그런 그녀가 쓸쓸하게 말하더군요.
　"이혼율에 대한 어느 통계를 읽은 적이 있는데 말레이시아는 40%이고, 중국은 50%나 되더라. 그래도 한국은 나은 편이야. 30% 정도니까."

30%라는 통계에 웃으면서 춤을 춰야 할지 난감하더군요. 🙂

몇 년 전, 이사를 해야 해서 작은 개인 용달을 불렀습니다. 미리 싸 두었던 짐을 옮겨 싣고 이사하기로 했던 집으로 가던 중이었는데 기사 아저씨가 물었습니다.

"아가씨는 결혼했수?"

스스로가 아직 어리다고 생각했던 시기여서 그런 질문이 뜬금없었습니다.

"아니요. 아직 안 했는데요?"

"에구, 그럼 잘 생각하고 결혼해요. 요즘엔 이혼하는 부부가 너무 많아서 말이야. 이삿짐을 나르다 보면 세 쌍 중에 한 쌍은 이혼한 집이라니까. 뭐, 나야 일 많아서 좋긴 하지만서두……."

아저씨의 말씀에 "에이~ 설마요~"라며 넘겼습니다.

저희 부모님께서는 선으로 결혼 날짜를 잡으셨고 결혼 식장에 가서야 서로의 얼굴을 확인하셨습니다. 물론 이제껏 사시는 동안 수많은 부부싸움과 파란만장한 일상을 겪으셨지만 지금은 늘 함께 다니실 정도로 사이가 좋으십니다. 그렇게 힘든 세월을 겪어오신 두 분을 보며 성장하다 보니 제가 겪는 어려움쯤은 대수롭지 않았습니다.

행복한 가정을 만들기 위해서는 어느 정도 서로가 희생하는 부분이 있어야 하며 참고 견디는 일 또한 많을 것이라고 생각했습니다. 이것이 저로 하여금 '이혼'을 용납할 수 없는 이유이자 '결혼'을 어렵게 생각하는 원인이었습니다. 결혼을 '참고 견디는' 것이라고 생각한 저에게는 그 스타트 라인에 설 만한 용기가 생기지 않았으니까요. 꿈에서조차 결혼식장에서 도망가는 꿈을 꾸기도 했습니다.

어느 정도 시간이 흘러 저는 나이 서른을 넘겨 버렸고, 주변 사람들이 결혼을 하고 이혼을 하고 또 다시 결혼하는 것을 봐야 했습니다. 검은 머리가 파뿌리가 될 때까지 함께 한다는 말이 쉬운 일은 아니라는 사실을 알게 되었습니다. 아이러니하게도 그런 불행한 사실에 마음이 편해지더군요.

저는 아직도 한 남자의 아내가 되어 평생 그 사람과 행복하게 사는 것을 꿈꾸고 있습니다. 어려운 일이 닥치면 함께 극복할 것이며, 서로에게 문제가 생기면 최선을 다해 노력해 볼 것입니다.

하지만 그렇게 했는데도 안 된다면 이혼하는 것에 대해서 가슴 아파하지 않으렵니다. 그 결정을 내리기까지 충분히 괴로웠을 테고, 중요한 것은 '내가 지금 행복한 것인가?'의 문제이니까요.

사랑하는 사람을 위해서
자신의 인생을 살지 마세요.

맛있는 것을 먹으면 당신 생각이 나.

한때 김한길 님의 ≪아침은 얻어먹고 사십니까≫라는 칼럼 모음집을 읽은 적이 있었습니다. 배송되어 몇 주 동안 책상 위에 놓여 있었다가 강남에 볼일 보러 나가면서 넣어 갔다가 읽기 시작했습니다. 그런데 이것이 의외로 재미있어서 집으로 돌아온 뒤 작심을 하고 독파하였습니다. 🌟

그중 한 단락을 소개해 드리겠습니다.

미국의 유명한 인생상담가 에비는 어느 날 다음과 같은 요지의 긴 편지를 받았다.

'제가 남편에게 물었습니다.

우리 부부와 당신 어머니가 함께 배를 타고 물에 나갔다가 배가 뒤집어지면 당신은 누구를 먼저 구해 줄 거냐구요.

그랬더니 글쎄 남편이 이러는 거예요.

그야 어머니부터 구해야지.

어머니는 새로 얻을 수가 없잖아.

이런 남자를 믿고 내 인생을 맡긴 걸 생각하면 저는 화가 나서 견딜 수가 없습니다.

현명한 충고를 부탁드립니다.

저는 어찌해야 할까요?'

그 긴 편지에 대한 에비의 답은 딱 한 줄이었다.

'수영을 배우세요.'

크하하하하!

이 부분을 읽으며 새벽 늦은 시각인 줄도 잊은 채 웃어버렸습니다. 라면을 먹고 잘까 그냥 잘까를 고민하며 부엌에서 서성거리던 동생이 무슨 일인가 싶어 기웃거리더군요. 그래도 저는 꿋꿋이 배를 잡고 웃었습니다. 인생에 대한 그녀의 짧은 답변이 명료하면서도 유쾌하게 다가왔습니다.

아마도 여자는 사실과는 상관없이 당신을 구하겠다는 사랑스러운 답변을 원했을 것입니다. 하지만 논리와 사실적인 이론으로 세팅되어 있는 남자들에게서 감성적인 답변을 구하기는 어려운 일입니다. 그렇다면 절충안은 무엇일까요? 역시 수영을 배우는 수밖에 없습니다. ✨

사랑하는 사람을 위해서 자신의 인생을 살지 마세요. 그랬다가 결과가 좋지 않으면 상대방 탓을 하며 지나온 인생을 후회하게 될 뿐입니다. 연인이든 부부든 서로가 의지하기 위해 함께 하는 것이지, 자신의 인생을 책임지게 하기 위해 함께 하는 것은 아닙니다.

만약 인생이 마라톤과 같다면 누군가를 위해 달리는 것이 아니고, 그 누군가가 있기에 더 빨리 달리고 싶어져야 하지 않을까요?

자신을 믿으세요.

내가 가진 단점이 백 가지가 넘는다 하더라도
내가 가진 장점이 단 하나밖에 없다 하더라도

넌 나를 좋아하게 될 거야.

남자들이 귀엽고 섹시한 여자가 좋다고 얘기하면, '그런 여자가 어디 흔한 줄 알아? 하여튼 남자들 생각하는 것 하고는…….'이라고 비웃으면서도 집에 가서 거울을 보며 귀여운 포즈, 섹시한 포즈를 취해 보는 게 여자입니다. 🎭

'매력적인 사람으로 보여졌으면 좋겠다.', '이 사람이 나를 좋아해 줬으면 좋겠다.'라는 생각은 여자뿐만 아니라 모든 사람들이 호감을 느끼는 상대방에게 바라는 점일 것입니다. 그렇기 때문에 자신의 좋은 모습을 보여 줄 수 있도록 최대한 노력합니다. 이해가 되지 않는 일에도 이해하는 척해주며, 문제가 생기면 해결하려고 나서고, 혹시 나의 한마디 때문에 기분이 상하진 않았을까 전전긍긍하기도 합니다. 정작 상대방은 이러한 본인의 고민에는 신경도 안 쓰는데 말입니다. 😐

제가 한창 연애에 실패하던 무렵, 저에게는 연애 코치가 있었습니다. 하루는 그녀에게 물었습니다.

"왜 난 솜씨 좋게 밀고 당기는 걸 못하는 걸까? 여자는 좀 튕겨야 된다는데 말이야."

그녀는 웃으며 위로해 주더군요.

"그건 네가 뜨거운 사람이라서 그래. 삶에 의욕이 있고 정직하잖아. 그게 너의 큰 장점이자 여자로서 곤란한 점이지. 그래도 그런 장점을 알아

주는 사람이 나타날 테니까 걱정하지마. 그걸 꼭 알아주는 사람하고 결혼해야 해."

그때의 충고가 가끔씩 생각날 때가 있습니다.

모두들 자기만의 색깔이 있습니다. 그런데 그것을 굳이 상대방에 맞추어 바꾸려고 하지 마세요. 지금 그대로의 당신을 사랑해 줄 사람이 꼭 나타날 겁니다.

모든 사람이 다 너를 좋아할 수는 없다.

너도 싫은 사람이 있듯이

누군가가 너를 이유 없이 싫어할 수 있다.

그렇다고 해서 네가 달라지는 것은 아니다.

그런 상황도 받아들일 수 있어야 한다.

항상 너는 너로서 당당하게 살아가야 한다.

_ 김형모 외 ≪나의 선택≫ 중에서

칠월, 팔월, 구월의 이야기

주저앉아도 괜찮아.
365일 뛰어다닐 순 없잖아?

뜨거움 속에 숨겨진 칠월

보관방법에 따라
유통기한은 변할 수 있습니다.

아프리카와 아메리카는 본래 한 땅덩어리였다.

지도는 남아메리카를 감싸 안은 아프리카 모습을 지금도 보여 준다.

당신의 얼굴과 내 두 손도 그렇다.

감싸이길 원하는 당신의 얼굴과 감싸고 싶어하는 이 두 손.

_권혁웅의 《두근두근》 중에서

언제였던가……. 심야토크쇼인 '야심만만'에서 탤런트 김수미 님이 출연하여 읊은 시가 있습니다.

> 세월은 이따금 나에게 묻는다.
> 사랑은 그 후 어떻게 되었느냐고.
> 물안개처럼 몇 겹의 인연이라는 것도 아주 쉽게 부서지더라.

평소 좋아하던 류시화 시인의 시여서 더 많이 와 닿았습니다. 가끔 우울할 때마다 공허하고 자학성이 강한 글을 읽으면 도리어 카타르시스가 느껴집니다. 가슴속에 잠재되어 있던 변태의 본능이 눈 뜨는 것일까요? 여하튼 이 시를 읽으면 옷깃만 스쳐도 인연이라는 불교의 메시지가 무색해집니다. 우리가 만들어가고 있는 인연이 이렇게 허무해도 되는 것인지 생각해 보게 됩니다.

대학교 때부터 친하게 지낸 진의라는 친구에게는 봉님이라는 남편이 있습니다. 그 두 사람이 사귀게 된 것이 대략 십 년은 된 것 같습니다. 연애를 시작할 때부터 지켜 봐왔으니 저도 그들과 함께 해온 시간이 십 년은 되었네요.

다른 것은 몰라도 강산도 변한다는 그 세월은 그녀의 외모에 많은 변화를 가져다 주었습니다. 대학교 다닐 때만 해도 호리호리하고 잘빠진 다리에 깜찍한 외모였었는데, 회사 생활을 몇 년 하더니 44사이즈가 55사이즈로, 55사이즈가 66사이즈로 변했습니다.

어느 날인가 친구들과 지하철을 타고 가다가 남자애들이 봉님에게 물었습니다.

"궁금한 게 있는데요⋯⋯. 행님 이상형이 늘씬하고 섹시한 여자 아니었어요?"

그러자 봉님은 당연한 것을 묻는다는 듯 그렇다고 대답했습니다. 하지만 사실이 아닌 것을 인정할 수 없었던 남자애들은 다시 물었습니다.

"그런데 왜 진의랑 사귀어요?"

봉님은 다시 한번 당연하다는 표정으로 대답했습니다.

"섹시하잖아!"

"!!⋯⋯."

친구들이 어색한 침묵을 지키는 동안 저는 작은 진리를 깨달았습니다.

'콩깍지에는 유통기한도 없나 보구나.'

보통, 사랑의 유통기한은 3년이라고 합니다. 제가 기저귀 차고 있을 때 한창 파릇파릇한 연애를 하던 선배님들의 말씀이시니 맞을지도 모르겠습니다. 하지만 저 역시 녹녹하지 않은 시간 동안 연애를 해본 결과 그 3년은 노력하지 않은 사람들의 변명입니다. 상대방을 배려하지 않는 사랑은 3년이 아니라 하루의 시간도 과분하지 않을까요?

십 년 전에 산 티셔츠도 새것처럼 깨끗하게 입는 사람들이 있습니다. 어찌 사람의 일을 물건에 비유하겠느냐마는 그렇게 아끼고 소중하게 대하는 마음만큼은 새겨두고 싶습니다.

아주 오랜 시간 동안 연애하고, 결혼해서 2주년이 다가오는 봉님 커플을 보면 인연에 대한 따뜻한 시각이 생깁니다. 세상에는 물안개처럼 아주 쉽게 부서지는 인연도 있지만, 유통기한이 없는 콩깍지 인연도 존재하는구나…….

상대방을 무시하지 마세요.

상대가 날 막 대하면 사랑은 의미가 없어.

대우를 받고 싶어?

그럼 우선 자신의 가치를 인정하고 그 가치를 남자에게 요구해.

_영화 《사랑해도 참을 수 없는 101가지》 중에서

몇몇 고마우신 분들이 저에게 이성적인 관심을 보인 경우가 있었습니다. 🙂 늘상 받는 관심이라면 "홋, 내가 좀 인기가 많지. 피곤해 죽겠어~"라고 넘어가겠는데, 평소 그리 인기 있는 편이 아니라 그런 관심들에 가슴이 콩닥거리고 "아이고, 감사합니다."라며 악수라도 해드리고 싶습니다. 그리고 이 흔하지 않은 일을 자랑하고 싶어 입이 근질거리는 찰나에 남자친구가 레이다망에 걸리게 되었습니다. 😇

네……. 왜 그랬는지는 모르겠지만 지적인 사고를 할 수 있는 뇌가 잠시 쇼핑 갔나 봅니다. 😑 저는 아무 생각 없이 밝고 명랑하게, 좀 더 오버를 섞어서 조잘거렸습니다.

"오늘 무슨 일이 있었는지 알아? 어떤 남자가 나보고 예쁘데~. 아무래도 나를 좋아하는 게 아닐까? 난 너무 인기가 많아서 탈이야. 홋홋."

그리고 돌아올 대답에 대한 시나리오도 나름 짜두었습니다.

"아잉~ 자기는 너무 예뻐서 탈이야. 어디 불안해서 혼자 내보내겠어?"라는 정도까지는 제가 생각해도 느끼하고, 😥 "어떤 놈이야? 다시는 만나지 마!" 정도의 진담 섞인 농담 정도를 원했습니다.

하지만 남자친구가 제 속에 들어갔다 나오지 않은 이상 어떻게 알겠습니까? 더도 말고 덜도 말고 그냥 장단 맞춰 주었으면 했으나 돌아오는 대답은 한결 같았습니다.

"홋, 네가?" 😑

문맥을 맞추어 볼 때 그가 줄인 말은 '네가 인기가 많다는 말이야? 이해할 수 없군.'이라고 해석할 수 있습니다. 그리고 이에 상응하는 저의 불쾌지수 게이지는 푹푹 찌는 여름날처럼 급상승하게 됩니다. 정말 바람이라도 확 피고 싶어집니다. 무시당하는 것을 즐기는 변태는 아니니까요. 🙂

인정받는다는 것은 누구에게든 중요합니다. "과장님, 오늘 넥타이 색깔 예쁘네요."라는 말 한마디에 어느 한 과장님은 하루 종일 행복할 수 있습니다. "어떤 놈이야? 다시는 만나지 마!"라는 말 한마디에 한쪽 뇌가 외출한 어느 여자는 그의 애정을 느낄 수도 있습니다. 힘들고 피곤한 일상 속에서 스스로도 주체할 수 없는 외로움과 자기비하에 빠질 때마다 가장 가까이 있는 사람의 말 한마디는 천군만마의 역할을 할 수도 있습니다. 칭찬은 고래도 춤추게 한다는데 고래보다 몇십 배나 작은 인간을 춤추게 하는 것은 그리 어렵지 않습니다.

남자친구에게 다른 남자 이야기를 한 것은 그를 불쾌하게 만들려는 의도가 아니었습니다. 저도 다른 사람들의 시선을 받는 매력적인 여자라는 사실을 인정받고 싶었습니다. 다른 사람이 아니라 그에게서요.

언젠가 남자친구가 퇴근 후 같이 밥을 먹으며 말했습니다.
"아무래도 우리 회사 김양이 나한테 관심 있는 것 같아."

저는 분주히 움직이던 젓가락을 멈추고 진지하게, 농담을 했습니다.

"자기야⋯⋯. 회사 그만 둬."

볼 일을 봤으면 물을 내려야지요.

화성인들은 혼자 동굴 안으로 들어가 해결책을 찾고 나서야 기분이 좋아진다.

금성인들은 누군가에게 자기 문제를 솔직히 털어놓고 이야기하고 나면 기분이 좋아진다.

_ 존 그레이의 《화성에서 온 남자, 금성에서 온 여자》 중에서

웹 서핑을 하며 시간을 보내고 있다가 어떤 분이 올리신 고민을 읽게 되었습니다. 친구들과 모임이 있어 술을 잔뜩 마시고 새벽쯤에 집엘 들어갔는데 그것 때문에 부인이 화가 나 있는 모양이었습니다. 오늘은 휴일이라 하루 종일 집에 있어야 하는데 부인 눈치가 보여 컴퓨터 방에서 인터넷만 하고 있답니다. 과연 이 상황에서 어떻게 대처하는 것이 현명한지 다른 사람들의 의견을 듣고 싶어했습니다.

"흠……."

아무 생각 없이 내용을 읽고 그 글에 달린 댓글들을 읽어 내려가면서 약간 놀랐습니다. 대부분의 사람들이 그냥 조용히 있으라는 조언을 한 것이었습니다. 그럴 땐 피하는 것이 상책이다, 심기 건드리지 말고 조용히 숨어 있어라 등등 말은 틀리지만 요점은 같았습니다.

화가 난 상태일 때 누군가가 귀찮게 하면 더욱 짜증이 나는 경우가 있으니 아예 틀린 말은 아니라고 생각합니다. 하지만 분명 남자의 생각과 여자의 생각은 개개인의 성향을 떠나서 다른 점이 있습니다.

≪화성에서 온 남자, 금성에서 온 여자≫라는 책으로 이미 유명한 존 그레이의 글 중 이런 이야기가 있습니다.

논쟁으로 상처받는 것을 피하기 위해 사람들이 취하는 자세에는 기본적으로 네 가지가 있습니다.

싸우고(Fight), 도피하고(Flight), 가장하고(Fake), 접어 두는(Fold) '4F'가 그것입니다.

첫 번째, 싸우는 것은 남자들의 성향으로 공격적으로 비난하고 힐책하면서 상대방을 협박해 고분고분하게 자기를 사랑하게 만드는 것이고,

두 번째, 도피하는 것 또한 남자들의 성향으로 정면대결이 귀찮고 두려운 나머지 논쟁을 불러일으킬 소지가 있는 어떤 화제도 회피하려고 납작 엎드려 있는 것입니다.

세 번째, 가장하는 것은 여자들의 성향으로 정면대결이 가져올 상처가 두려워 마치 아무런 문제가 없는 척하는 것이며,

네 번째, 접어 두는 것도 여자들의 성향으로 시시콜콜 시비를 따지느니 차라리 양보하고 마는 것을 말합니다.

중요한 것은 이 네 가지 모두 단기적으로는 효과를 볼지 모르지만 긴 안목으로 보면 역효과를 초래하는 것들이라는 점입니다.

이 글을 위의 상황에 대입하여 볼 때, 남자는 '도피하기'를 선택한 것이고, 여자는 '접어두기'를 선택할 것입니다. 부인은 몇 번 성질을 내다가 '으이구, 내가 참고 말지.'라고 문제를 덮어 둘 것이고, 남편은 '휴…….이제 좀 잠잠해지려나?'라며 문제를 그냥 넘어갈 것입니다.

하지만 태풍이 지나간 자리가 풀 한 포기, 돌멩이 하나까지 제 자리에 있을 수는 없는 법입니다. 그때그때 피해 복구를 하지 않거나 부실공사

를 했다가는 그것들이 쌓이고 쌓여 더 큰 피해를 불러올 수 있습니다. 흔히들 여자들이 싸움을 할 때마다 "당신, 예전에 이러이러했잖아."라고 따지고 들면, 남자들은 "왜 또 예전 얘길 하고 그래? 그때 미안하다고 했잖아."라고 말하는 시추에이션처럼요. 😓

여자들의 속마음이 너무 복잡하고 어렵게 여겨진다면 간단하게 생각하시면 됩니다. 잘못을 했으면 벌을 받아야 하고, 일을 저질렀으면 뒷수습을 해야 하는 세상의 단순한 이치를요. 집에서 아이들이 장난감을 가지고 놀다가 어질러 놓으면 분명 치우는 방법을 가르치실 겁니다. 그러면 본인의 잘못으로 어질러진 부인의 마음은 누가 치워야 하는 것일까요? 볼 일을 보고 물을 안 내렸는데 화장실에서 꽃 향기가 나지는 않습니다. 😑

어떻게 치워야 하는지 모르겠다면 진지하게 그녀의 잔소리를 들어주시기만 해도 됩니다. 여자들은 말로 스트레스를 풀고, 일단 마음속에 담아둔 말을 모두 꺼내놓고 나면 화가 반 이상은 풀립니다. 그 뒤 대화를 하든, 애교를 부리든, 선물을 해주든, 그저 꼭 안아주기만 하든 상황을 봐서 적절히 대응하시면 됩니다.

여자는 물을 주지 않고도 쑥쑥 크는 잡초가 아닙니다. 예쁜 꽃을 피우기 위해선 정성스런 손길이 필요한 법입니다.

긴 숨을 몰아 쉬는 팔월

공부하세요.

"사람 속을 들여다 볼 수 없기 때문에 말로 보충하는 거라고요."

_ 아소 미코토의 《천연소재로 가자! 》 중에서

초등학교 동창생인 이군과 태국여행을 하며 간간히 서로의 연애 문제에 관한 이야기를 나누었습니다. 평소 영양가 없는 농담만 주고받는 사이여서 그런지 저는 그 녀석의 연애 문제에 관해서는 백지상태였습니다. 긴 여행을 하는 동안 주체할 수 없을 정도로 남는 시간이 많았기 때문에 평소 궁금해하던 것을 물었습니다.

"네가 예전에 사귀었던 그 여자애 말이야. 왜 헤어진 거야?"

그는 공부한다고 바빠서 잘 챙겨 주지 못했더니 어느 날인가 이별을 통보받았다고 했습니다.

"아무리 바빠도 전화 정도는 해주지 그랬냐……."

저의 핀잔에 그는 머리를 긁적이며 말을 이었습니다.

"그래도 아침 저녁으로 하루에 두 통씩은 해줬단 말이야……."

'커~커억.'

바쁜 와중에도 하루에 두 통이면 괜찮은 것 아닌가요? 저 역시 머리를 긁적일 수밖에 없었습니다.

"여자들은 참 이상해. 전화해 주는 걸 너무 좋아한단 말이야. 한 번은 전화를 했는데 안 받더라고. 그래서 열 번인가 계속 전화를 했지."

저는 깜짝 놀랐습니다.

"뭐? 열 번? 네가 무슨 스토커냐?"

그 뒤 돌아온 친구의 대답은 더욱 놀라웠습니다.

"하하. 그렇게 해야 여자친구가 좋아한다니까. 전화받는 목소리가 틀려져~"

친구의 이야기를 들으면 그 여자친구가 어느 정도 이해는 됩니다. 일 때문에 잠시 자리를 비우고 돌아온 뒤 핸드폰을 확인해 보니 남자친구의 부재중 전화가 두 통인가 온 적이 있었습니다. 평소 닦달을 해야 전화를 하는 그여서 그 두 통의 전화는 왠지 모를 흐뭇함을 안겨주더군요. 이렇게 찾을 정도로 저에 대한 애착이 있다는 이상한 공식을 그렸던 것 같습니다. 하지만 열 통의 전화라니……. 애착이 아니라 집착인 것 같아 약간 무섭습니다.

TV프로에서 '이럴 때 여자친구가 싫다.'라는 내용의 설문 조사 결과를 본 적이 있는데, 그 중 5위에 올랐던 것이 '구속할 때'였습니다. 이것은 남자들뿐만 아니라 여자들도 싫어하지만 사람들마다 '구속'에 대한 경계선은 미묘한 차이가 있습니다. 두 통의 전화는 '관심'이고, 열 통의 전화는 '구속'이라고 생각하는 저처럼요.

하지만 그 두 가지의 차이점은 무엇이고 어떻게 구별하는 것인가에 대한 의문이 생겼습니다. 저는 상대방에게 관심을 가진다고 하는 일이 상대방이 느끼기에는 구속이 될 수도 있다니 한 번쯤은 생각해 볼 문제였습니다.

하루 종일 끙끙거리며 이 문제에 대해 생각하던 중 친구에게서 전화가 왔습니다. 갓 돌이 지난 딸아이를 위해 같이 식사라도 하자며 괜찮은 날 짜를 묻더군요. 저는 다음 주로 약속을 정하고 궁금해하던 것을 물어보 았습니다.

"혜원아, 관심과 구속의 차이는 뭘까?"

그녀는 망설임 없이 대답했습니다.

"내가 받고 싶은 것이면 관심이고, 내가 받기 싫은 것이면 구속이지."

"그럼, 사람마다 틀릴 텐데 그 경계선은 어떻게 알 수 있는 거야?"

그녀는 웃으며 설명해 줬습니다.

"어떤 아기들은 동생이 태어나면 이것저것 말썽을 피우면서 장롱에다 가 똥도 싸놓는데, 동생에게 보이는 엄마의 관심을 받고 싶어서 그러는 거지. 하지만 그 이유를 모르는 엄마는 아이를 야단치기만 하는 거야. 그 런 아이들의 언어를 알기 위해서는 아이에 대해 공부를 하는 수밖에 없 어. 그러니까 상대방이 관심으로 느낄지 구속으로 느낄지에 대해서는 상 대방에 대해 공부를 해야 하는 거야. 쉬운 일은 아니지."

그래, 쉬운 일이 아니구나……. 인생이 어렵기 때문에 재미있는 것 아 니냐고 말하고 다녔을 때가 생각났습니다. 아마도 그때는 사람에 대해서 좀 더 순수하고 좀 더 단순하게 생각했던 모양입니다. 그것도 아니면 상 대방과는 상관없이 제 생각만 하고 살았던지요.

당신에게 주어진 '운'은
꼭 필요한 곳에 쓰이길 바랍니다.

나에게 주어진 길은 분명하다.

남은 것은 내가 얼마나 해낼 수 있느냐는 것이다.

사람마다 잘하는 것이 있고 못하는 것이 있습니다. 저 역시 남들과 같지만 잘하고 못하고의 편차가 나름 무난한 수준입니다. 그런데 어찌된 일인지 가위바위보만큼은 남들보다 기똥차게 못합니다. 하는 족족 지는 것이 다반사다 보니 이제는 아예 시작하지도 않습니다. 😑

하루는 회사 사람들과 다같이 중국집으로 점심을 먹으러 갔습니다. 저희들은 가장 큰 원탁에 다닥다닥 붙어 앉아 사장님이 한턱 낸 자장면을 맛있게 먹었습니다. 그리고 다 먹고 나자 아이스크림이 생각난 사람들은 가위바위보를 해서 진 사람이 후식을 쏘자며 제안했습니다. 하지만 워낙 출중한 능력을 가졌던 저는 당연히 하지 않겠다고 했습니다.

"싫어. 안 할거야. 난 가위바위보만 하면 진단 말이야."

여기저기서 야유소리가 들리더군요.

"그런 게 어디 있어? 이렇게 사람이 많은데 질지 안 질지는 해봐야 아는 거잖아."

저는 고개를 절레절레 흔들며 완강히 거부했습니다.

"안 봐도 뻔해. 진짜 진다니까."

이렇게 되자 호기심이 발동한 사람들은 더욱 하자고 부추겼습니다. 게다가 사장님께서는 자신이 후식도 쏠 테니 일단 하기만 해보자며 꼬드겼습니다. 결국엔 여론에 못 이겨 하게 되었고, 15명은 머리를 맞대고 승부를 펼쳤습니다. 시작한 지 몇 초도 안 돼 그 많던 사람들은 금세 10명, 7명,

6명, 4명으로 줄었고 마지막 두 명이 남았습니다. 물론 만인의 기대에 어긋나지 않게 그 두 명 중 한 명은 저였습니다. 뭔가 가슴속에서 울화가 치미는 것이 순식간에 서글퍼지더군요. 그래도 혹시나 하는 마음으로 마지막 승부수를 띄웠고……. 안타깝게도 장렬히 전사했습니다.

'난 왜 이렇게 운이 없는 거야!'라며 스스로 되뇌어 봤습니다. 로또 복권도 숫자 하나 맞은 적이 없고, 경품 이벤트 당첨된 적은 당연히 없고, 엘리베이터 두 개 있는 것 중 한쪽 문에 서서 기다리면 꼭 다른 쪽이 올라오고, 간식 쏘기 사다리 타기도 언제나 꽝만 걸립니다. 아, 이건 좋은 것이군요.

다시 생각해 보아도 참 슬픈 이야기인데, 글로 쓰고 보니……. 나름 신기하네요. 어쨌든 주워 들은 이야기가 있는데 사람은 태어날 때 똑같은 양의 '운'을 가지고 태어난다고 하더군요. 어떤 사람은 그것을 조금씩 자주 쓰고, 어떤 사람은 그것을 한 번에 크게 쓰는가의 차이가 있다고 합니다. 아마도 저의 운은 쓰지 않은 양이 많이 남았을 테니 그것은 미래를 위해 저축해 두렵니다.

가위바위보로 백만 스물한 번을 져도 괜찮으니 멋진 남자를 만나게 해주세요. 그것도 아니면 로또 한번 터지게 해주시든가.

정말 바쁘세요?

사랑은 말이지
때로는 가슴 벅차고 행복하기도 하고
때로는 아프고 심장이 저리기도 하고
때로는 지독하게 외롭기도 한거야.

그런 감정이 든다면
넌 사랑을 하고 있는거야.

_ 드라마 《달자의 봄》 중에서

일상 생활에서 가장 많이 쓰는 말이 무엇일까 생각해 보았습니다.
배고파? 짜증나? 안돼? 좋아? 아니면 바빠?

'남자친구'와 '남자인 사람'에 대한 구분이 나름대로 뚜렷한 저는 그 애정 테스트를 '바쁘다'라는 말로 해볼 때가 있습니다. 물론 무의식적으로 나오는 말이기에 일일이 했던 말의 횟수를 세어 보지는 않지만 대략적인 통계는 나옵니다.

남자친구와 전화 통화를 할 때는 미친 듯이 바쁘지 않는 이상 바쁘다는 말을 잘 쓰지 않습니다. 두 손으로 키보드를 두드리고 핸드폰은 어깨에 끼운 채 전화를 받아도 "괜찮아, 얘기해."라며 전화를 받습니다. 하지만 그 외 관심도 순위에서 멀어지는 사람들에게는 '바쁘니 나중에 얘기하자.'라는 말을 더 많이 씁니다. 물론 그 나중은 기약할 수도 없고요.

아마도 저뿐만이 아니라 많은 사람들이 경험해 본 적 있을 겁니다. 연애 초기, 좋아하는 사람에게서 전화가 오면 밥 먹던 숟가락을 내려놓고 조용한 곳으로 가서 전화를 받거나, 회의 중 전화가 와서 끊긴 했지만 얼른 다시 걸어야 할 것 같아 안절부절 못했던 한때를요. 누구나 그런 새콤달콤한 시절이 있었을 것입니다. 무뚝뚝한 것 같은 예전 회사 모 팀장님도요.

회사 내에서 자리 배정이 바뀌기 전에 제 옆에는 기술팀의 모 팀장님이 앉아 있었습니다. 하루는 저녁을 먹고 야근을 하기 위해 사무실로 돌아왔는데, 한창 식후 게임이 유행하던 때라 다같이 카트라이더를 하더군요. 게임이라고 하면 테트리스밖에 모르는 저는 다른 일을 하면서 인터넷이나 뒤적거리고 있었습니다.

그런데 그때 마침, 팀장님의 부인에게서 전화가 왔고, 게임 중이던 팀장님은 받자마자 바쁘다고 끊어버리더군요. 옆에서 보고 있던 저는 눈이 가름해졌습니다.

'이야~ 거 참. 게임 한번 바쁘게 하시네.'

이미 내 곁에 있는 사람이니 이 정도쯤은 괜찮을 것이라고 생각하지 마세요. 그런 작은 일들이 모여서 습관이 되고, 일상이 되는 겁니다. 매번 바쁘다고 피곤하다고 말하면서 상대방에게는 지속적인 관심과 애정을 원한다면, 당신은 정말…… 양심도 없는 사람입니다.

친구가 말하더군요.

"사귀고 몇 개월 지나면 대충 생활 패턴도 파악되고 할 말도 없어져. 그럼 전화도 뜸하게 하게 되는 거지."

우리들은 짧은 시간 동안만 사랑을 하고자 연인을 찾는 것이 아닙니다. 몇 개월마다 상대방을 갈아치울 생각이 아니라면 바쁘다는 말 대신 사랑한다고 말해 보세요. 연애는 팀 플레이라 자신이 분발하면 상대방도 따라오게 되어 있습니다.

손 끝으로 바람이 잡히는 **구월**

누구에게나
자신만의 대나무숲이 필요합니다.

그 많은 불평을 들어줘서 고마워.

언제나 바른 길로 가도록 충고해 줘서 고마워.

꿈 같은 나의 상상에 힘을 실어 줘서 고마워.

한결같이 그 자리에서 나를 기다려 줘서 고마워.

일부 폐인들을 만들었던 ≪환상의 커플≫이라는 드라마가 있었습니다. 주인공 나상실은 자기밖에 모르는 '유아독존', '안하무인'의 대표적인 캐릭터로 나옵니다. 하지만 이러한 그녀도 장철수라는 마음 따뜻하고 순박한 남자를 만나면서 사랑을 알게 되고, 약간은 교활하고 약간은 어리바리한 남편인 빌리박과 헤어집니다.

그럼 버려진 빌리박은 과연 불행하게 살까요?

아니요, 그렇지 않습니다. 상실이와 헤어진 그는 우울해 있어야 하나 그녀와 꼭 닮은 도도한 여자에게 반해서 쫓아가는 것으로 드라마는 끝납니다. "난 왜 이런 여자에게 끌릴까…….'라는 것이 그의 마지막 대사였습니다. 홍작가 자매의 드라마들이 그러하듯 해피엔딩은 예견하고 있었지만 약방의 감초 같은 빌리박의 마지막 대사에 넘어갔었습니다.

사람마다 취향이라는 것이 있습니다. 예를 들어, 외모에 대한 제 취향은 장동건 님보다는 설경구 님쪽이 좋다고나 할까요? 물론 장동건 님이 저를 좋다고만 해준다면 업고라도 다니겠습니다만, 일단 그런 일은 없을 테니 고려하지 않겠습니다. ┳

굳이 외모를 예로 들지 않더라도 도도한 사람에게 끌릴 수도 있고, 유머 있는 사람이나 마음이 예쁜 사람에게 끌릴 수도 있습니다. 분명 그러한 취향을 가지게 된 것에는 여러 가지 환경적인 요인도 한몫하겠지만, 자신의 얼굴이 부모님과 꼭 닮은 것처럼 스스로가 컨트롤할 수 없는 '운명'도 있습니다.

하지만 취향, 운명 다 좋습니다. 예쁜 여자를 찾는 것도 능력 있는 남자를 찾는 것도 다 좋습니다. 간과하지 말아야 할 사실은 이런 것들을 떠나서 기본적으로 말이 통하는 사람을 만나야 한다는 것입니다. 평생을 함께 하다 보면 사랑이 정으로 바뀌는 시점이 있을 것이고, 연인이 친구로 바뀌는 시점이 올 것입니다. 그렇게 오랜 시간을 함께 지내야 할 사람인데 그 사람과의 대화가 즐겁지 않다면 어떻게 견딜 수 있겠습니까!

저에게는 절친한 친구가 한 명 있습니다. 출근을 하는 날이면 별 얘기가 아니더라도 네이트 온으로 대화를 하곤 합니다. 대화의 내용은 '심심해. 놀아줘.'부터 시작해서 '당장 이놈의 회사를 때려치울 거야!'까지 다양합니다. 남자친구와의 시시콜콜한 일이나 정치, 경제에 대한 깊지 않은 이야기들이나 사람에 대한 심도 있는 분석에 이르기까지 다른 친구들의 비밀 이야기를 제외하고는 많은 것들을 나누는 편입니다. 이 친구가 한 줄을 입력할 때, 저는 서너 줄씩 입력하며 말을 뱉어내는데, 어쩔 때는 혼자서 떠들고 있기도 하고, 어쩔 때는 씹히는 경우도 있습니다.

그리고 이 친구의 중요성이 부각된 오늘이 있기 전까지는……. 남자친구가 그 역할을 맡아서 해줬습니다. 저는 그의 이야기를 들어주었고,

그는 저의 이야기를 들어주었습니다. 6년을 사귀며 3년을 떨어져 지내는 동안에도 견딜 수 있었던 것은 정말 힘들고 지치고 우울할 때, 속절없이 털어놓는 저의 이야기에 귀 기울여 주는 가장 친한 사람이었기 때문입니다.

대나무 숲에서 "임금님 귀는 당나귀 귀!"라고 외쳤던 모자 장수처럼, 누구에게나 자신만의 대나무 숲이 필요합니다. 그리고 평생 그 역할을 해줄 사람은 당신 곁에 있을 바로 그 사람입니다.

욕심은 가진 만큼만 이루어집니다.

서른두 살
가진 것도 없고
이룬 것도 없다
나를 죽도록 사랑하는 사람도 없고
내가 죽도록 사랑하는 사람도 없다
우울한 자유일까
자유로운 우울일까
나 다시 시작할 수 있을까
무엇이든?

_ 정이현의 《달콤한 나의 도시》 중에서

많은 사람들이 저에게 충고해 줍니다.

"결혼에 대해서 너무 깊게 생각하지마. 그냥 적당히 괜찮은 사람 만나서 살 비비고 살다 보면 정도 생기고 사랑도 생기는 거야. 그게 인생이지 뭐."

천천히, 가볍게, 집착 없이, 편하게, 적당히……

사실, 이 단어들은 제 삶의 희망사항입니다. 점심 메뉴도 적당히 배 채울 만한 것으로 고르고, 옷도 대충 사이즈 맞으면 입고, 친한 친구와도 싸우면 적당히 거리를 뒀다가 다시 만나고, 적당히 벌어서 적당히 쓰면서 살고 싶습니다. 대통령이나 백만장자가 되겠다는 원대한 꿈은 어린 시절에도 없었습니다.

하지만 희망사항은 희망사항일 뿐이고, 삶이란 조금만 방심해도 치열해지고 맙니다. 이어지는 야근이 언젠가는 스스로에게 도움이 될 것이라 믿고, 스트레스는 술로 풀면서 몸을 더욱 피곤하게 만들고, 그래도 내심 남들보다 뒤쳐질까 재테크나 주식에 관심을 갖고, 대출 이자나 아파트 분양가에 민감해지고, 인맥에 신경 쓰고, 연애 문제로 고민하고, 부모님 걱정, 형제들 걱정도 하게 됩니다. 그리고 어느 순간에는 이렇게 치열하게 살아야만 제대로 살고 있다는 느낌마저 듭니다. 일이든 사랑이든 뭔가 하나 뚜렷하게 이루어 놓은 것 없는 평범한 사람이다 보니 초

조함은 배가 됩니다.

'그냥 적당히 결혼할까?'라는 고민이 안 든다면 거짓말이겠지요. '결혼'이라는 단어가 왠지 모를 달콤함으로 다가올 때가 많습니다.

남자들이 흔히 하는 말 중, 집에 가면 여우 같은 마누라와 토끼 같은 자식이 기다린다고 합니다. 저에게도 배고프다고 투덜거리는 남동생 대신에 따뜻하게 포용해 줄 남편이 기다리고 있었으면 좋겠습니다. 'freehugs'라는 피켓을 들고 있는 사람이 집 현관 앞에 서 있었으면 좋겠다며 퇴근길에 생각하곤 합니다.

하지만 이런 것들에 대한 생각의 답이 나온다 하더라도 결코 마음의 답을 따라올 순 없습니다. 어떠한 조건을 가지고 있더라도 내가 사랑하는 사람과 결혼하고 싶다는 욕심. 그것만큼은 결단코 적당히 타협할 수 없다는 욕심. 그 욕심을 버릴 수 없습니다.

변호사이면서 책도 쓰고 특강도 하는 고승덕 변호사 님의 말씀 중 가장 인상 깊었던 구절이 있습니다.

'된다고 생각하는 사람만 되고 안 된다고 생각하는 사람은 안 된다.'

이 한 문장을 읽으며 제 자신에게 물어보았습니다. 나이도 많이 먹었으니 대충 이쯤에서 타협하고 포기해 버리는 것이냐? 그렇다면 그렇게 해서 너를 만나는 사람에게는 미안하지 않냐? 누군가가 그렇게 해서 너를 만난다면 너는 좋겠냐?

대답은 당연히 'NO' 입니다.

욕심이 많은 저로서는 원하는 것을 포기한다는 것이 쉽지 않습니다. 원하는 것을 잡으려면 손 안의 것을 놓치게 되겠지만 그땐 다른 한 손으로 멋지게 캐치하겠습니다. 그래도 어쩔 수 없이 놓치게 된다면 온 몸으로 받아내겠습니다. 혹시 그것조차 실패해서 놓쳐버린다면 얼른 쫓아가겠습니다.

열심히 뛰어야 한다는 사실을 알고 있습니다. '욕심'은 발이 빨라서 웬만하면 따라잡기 힘드니까요. 하지만 잡고 나면 분명 그만큼의 값어치가 있을 것이라 믿습니다.

당신을 좋아해 주는 사람에게는
그만한 예의를 갖춰야 합니다.

저는 함부로 밟으라고 땅에 떨어진 것이 아니랍니다.

한때는 아름다운 모습으로 당신에게 기억될 때도 있었습니다.

‘유유상종’, ‘끼리끼리 논다.’라는 말을 들으면 저는 고개를 절레절레 흔듭니다. "당신! 함부로 말하지마! 그렇지 않은 경우도 있거든!" 이라고 외쳐 주고 싶습니다.

그도 그럴 것이 워낙 특이한 친구들 틈에 있다 보니 같은 부류로 취급 받는 것에 일종의 거부감이 있습니다. 물론 이런 식으로 이야기했다는 것을 들키면 당장 콧방귀를 동반한 비웃음이 돌아올 것을 알고 있습니다.

"웬 앙탈이람? 네가 제일 특이하잖아~"

이 친구들 중 ‘똥’이라는 별명을 가진 친구가 있습니다. 저는 그녀의 독특한 내면 세계를 부러워한 적은 결단코 없지만, 가뭄에 콩 나듯 가끔 쓰는 글만큼은 많이 공감하고 아끼는 편입니다. 거침없는 말투에 가슴이 후련했던 적도 있고, 생각지도 못한 비유에 감탄한 적도 있습니다.

그 중 ‘질투’라는 제목의 글이 눈에 들어오더군요.

막상 좋은 남자를 친한 친구에게 주선해 주곤 은근히 둘이 잘되지 않기를 바란 적이 있는지? 친한 남자친구의 애인보다 내가 더 그 녀석을 이해한다고 생각하고 있지 않은지?

여자는 질투로 사고한다.

자신의 것에 대한 소유욕은 남자가 더 많을지도 모른다.

하지만 가지지 못한 것에 대한 질투는 여자의 깊은 열망을 솟구치게 만든다. 나도 가끔 저 두 가지 감정을 우정이라는 보기 좋은 허울로 감싸서 자기만족에 빠지곤 한다. 하지만 이건 좋은 매너가 아니다.

당신을 좋아해 주는 사람에게는 그만한 예의를 갖춰야 한다.
당신이 맘대로 이용하라고 상대방이 자신의 약점을 드러내며 조건 없이 당신을 좋아하는 것이 아니기 때문이다.

내 주위의 여자들은 자기를 좋아했던 남자들에게 이상한 친절과 동정과 소유욕을 가진다. 상대방 남자들은 대부분 그런 묘한 배려들을 자신에 대한 호감이라 생각한다.
하지만 내 장담하는데 순진한 남자들이여……. 당신들은 그녀들에게 경품에서 걸린 가기 싫은 여행 정도일 뿐이다. 남 주긴 아쉽고 그렇다고 내가 가긴 싫은…….

여행 티켓을 스스로 박박 찢어버려라.
지겨워지기 전까지 이용당하지 않으려면.

군신 간엔 '충의'가 있고, 부자 간엔 '효의'가 있고, 하다못해 상인의 사이에서도 '상도'가 있습니다. 이렇듯 사람과 사람 사이에선 인간이기에 지켜야 할 예의와 도리가 있습니다. 그것을 지키지 않았다 하여 법에 걸리거나 벌금을 내야 하는 것은 아니지만, 최소한 당신에게 감정을 보여준 사람에게는 예의를 갖추어야 합니다.

그러니 애매하게 행동하지 마세요. 사랑은 장난이 아닙니다. ㄱ

시월, 십일월, 십이월의 이야기

그래도 그리운 날들이 많은 걸 보면
나도 꽤 괜찮은 인생을 살았나봐.

가슴 한 켠이 시려오는 시월

사랑은 일인칭시점에서 쓰여집니다.

아무리 오랜 시간 기다린다 해도
또한 평생을 바쳐 노력한다 해도
내겐 절대로 허락되지 않는 사람이란 있는 거다.
모든 것을 다 포용하고 이해한다 해도
완벽하다 싶을 정도로 좋은 사람이 된다 해도
나로서는 절대로 얻을 수 없는 사랑이 있는 거다.
언제나 아름다운 주인공을 꿈꾸는 우리.
그러나 때로는 누군가의 삶에 이토록 서글픈 조연일 수 있음을……

_ 영화 《냉정과 열정 사이》 중에서

'자기 합리화'

그것은 제가 잘하는 것 중 하나입니다. 저는 삼십 년이라는 세월 동안 스스로가 긍정적인 사람이라고 자기합리화를 했는지도 모르겠습니다. 문득, ≪냉정과 열정 사이≫라는 영화를 보면서 그런 생각이 들었습니다.

이 영화는 '세기의 러브스토리'라는 극찬을 받을 정도로 두 주인공인 준세이와 아오이의 사랑을 섬세하게 표현하였습니다. 하지만 영화를 보는 동안 계속 불편했던 이유는 무엇이었을까요? 🤨

아마도 준세이의 여자친구인 메구미 때문일 것입니다. 아오이만큼은 아니어도 상당히 오랜 시간 동안 준세이를 사랑해 온 그녀는 그와 함께 있을 때조차 행복하지 않았고 결국에는 버림받게 됩니다. 그리고 영화는 마치 두 남녀 주인공을 위해서 타인의 희생은 당연하다는 듯 극적 타당성을 내세우고 있습니다. 보는 사람들 모두 그랬을 것입니다.

'메구미한테 붙들리지 말고 빨리 아오이에게로 가.'

어느 누구도 상처받지 않은 세상은 존재하지 않겠지만, 몇 년 동안이나 메구미가 상처받도록 내버려둔 준세이가 기적처럼 사랑을 찾는 것을 보니 자신만을 위한 '이기심'이 '사랑'에서는 용서가 되나 봅니다.

컴퓨터 하드를 정리하다가 지난 그림 한 장을 발견했습니다. 예전 남자친구가 그림을 잘 그렸는데, 저는 그것들을 모두 모아두고 있었습니다. 오늘은 생각지도 못했던 폴더를 열어보고 생각지도 못했던 그림을 보면서 마음이 무거웠습니다. 폴더 안에 있던 한 장의 여자 그림이 단순한 여자가 아니라는 것을 알았다고 해서 씁쓸한 것은 아니었습니다. 단지, 몇 번인가 나의 초상화를 그려달라는 진지한 부탁에 귀찮은 표정을 지었던 그의 모습이 생각나서 씁쓸했습니다. 어쩌면 지금의 저는 메구미 역할을 하고 있는지도 모르겠습니다.

하지만, 아무렴 어떻습니까. 누군가는 불행해지고, 누군가는 행복해지는 것이 신이 우리에게 준 삶의 역할입니다. 다행인 것은 한 역할을 평생 동안 하지는 않는다는 것이고, 중요한 것은 마땅치 않은 역할에도 최선을 다해야 한다는 것입니다. 언제 어느 순간 중요한 배역이 떨어질지 모르니까요.

그런 의미에서 살짝 주먹을 움켜쥐고 화이팅을 외쳐 봅니다.

사랑 안에서 방황하는 모든 이들이 힘내기를!

헤어질 땐 차라리 잔인해지세요.

사람은 슬퍼서 우는 게 아니라 울기 때문에 슬퍼지는 것이다.

_죠 아라키의 《바텐더》중에서

작년 말쯤, 한 친한 친구가 여자친구와 헤어졌습니다. 물어볼 것이 있어 전화를 했다가 이야기를 들었고, 저는 친구를 추궁했습니다.

"쯧쯧, 네가 찼지?"

그는 화들짝 놀라며 부인하더군요.

"아냐! 내가 차인 거야……."

그의 여자친구를 아는 저로서는 그렇게 착하고 일편단심이던 아이의 변심을 이해할 수 없었습니다.

"그래, 그래. 네가 차였겠지. 연락도 안 하고, 전화도 잘 안 받으면서 바쁜 척하고, 냉정하게 대해서 결국엔 여자친구 입에서 먼저 헤어지자는 말이 나오게 만들었겠지."

"휴……. 결국 그렇게 되긴 했는데……. 나도 고민 많이 했어."

그 녀석이 고민을 많이 했을 것이라는 것도, 이것 때문에 가슴 아프다는 것도, 미안해서 헤어지자는 말을 못 꺼냈던 것도, 비록 헤어졌다 하더라도 좋아했던 감정이 남아 있다는 것도 모두 알고 있습니다. 하지만 헤어짐을 위한 전초전을 하는 동안 상처받았을 그 아이의 마음이 더욱 신경 쓰였습니다.

분명 세상엔 안타까운 사연들이 많고, 사랑보다 중요한 일들이 많다는 것을 알고 있습니다. 하지만 남자들이 헤어지자고 말을 할 때에는 수긍할 수 없는 이유들이 붙는 경우도 있습니다.

"미안해. 내가 능력이 안 돼서 너를 행복하게 해주지 못할 것 같아. 나보다 더 좋은 사람 만나도록 해."

"너를 정말 많이 사랑하지만, 내가 지금 사랑 같은 것을 할 만한 처지가 아니야."

이런 말을 할 때 가슴에 손을 얹고 진정 솔직했는지 묻고 싶습니다. 그저 마음이 떠났을 뿐이라고 말하는 것이 그리 힘든 일인지 묻고 싶습니다. 이런 말을 듣고 남겨진 상대방은 미련의 늪에서 벗어나지 못한다는 사실을 알고 있는지 묻고 싶습니다.

헤어짐을 선택한 사람들이여. 상대방을 위해서 헤어진다고 생각하지 마세요. 결국 그 선택은 당신을 위해서 당신이 내린 결정입니다. 다른 사람을 상처 주는 마당에 그래도 멋진 사람으로 남고 싶다는 희망은 버려 주세요. 차라리 잔인하도록 솔직해져서 미련을 가지지 않게 해주세요. 부디 마지막 용기를 보여 주세요.

제 주위에 있던 남자들에게 물어보면 다들 그러더군요.

"남자는 말이지……. 정말 사랑하는 사람이라면 절대 손을 놓지 않아."

"그래도 어쩔 수 없는 절박한 사정이라는 것이 있을 수도 있잖아?"라고 반박해 보아도 돌아오는 대답은 한결 같았습니다.

"그건 그녀보다 더 소중한 것이 있어서겠지……!"

당신의 심장을
대신해서 뛰어 줄 순 없습니다.

당신이 내 안에 못 하나 박고 간 뒤
오랫동안 그 못 뺄 수 없었습니다.
덧나는 상처가 두려워서가 아니라
아무것도 당신이 남겨놓지 않았기에
말없는 못 하나도 소중해서입니다.

_ 김재진의 〈못〉

남미를 8개월 동안 돌아다니다가 몇 달 전에 귀국한 친구가 있습니다. 그녀는 수중에 남은 돈까지 탈탈 털어 여행을 다녀왔던 터라 돌아온 뒤 급하게 아르바이트 자리를 구했습니다.

다행히 집 근처의 어느 건축사무소에서 사람을 구했고, 어렵지 않게 채용되어 출근을 했습니다. 하지만 하는 일이라고 해봐야 타이핑하고, 출력하고, 복사하고……. 타이핑하고, 출력하고, 복사하고……. 똑같은 일을 반복하며 하루하루를 보내다 보니 허비하는 시간들에 대한 회의가 생겼나 봅니다. '산다는 것은 뭘까?'라는 인간으로서 해야 할 원초적인 고민을 할 시간이 생긴 것이죠. 그리고 이 고민으로 인한 우울증은 꽤 깊어져서 '대충 놀면서 일해~' 따위의 충고를 해줬다간 맞을 것 같았습니다.

하지만 아이러니하게도 저에게는 우울증에 빠진 그녀가 행복하게 보였습니다. 여행을 가고 싶어도 갈 수 없는 현실을 살고 있는 일반인들이 대다수라 하고 싶은 것은 하고야 마는 그녀의 고민을 치기 어린 투정쯤으로 본 것은 아니었습니다. 최대한 웅크려야 더 높이 뛸 수 있듯이 현실에 안주하지 않고 고민을 하는 그녀는 분명 다른 사람보다 나은 삶을 살 준비를 하고 있는 것 같았습니다. '이 아이는 심장이 잘 뛰고 있구나…….'라고 안심이 되었다고나 할까요.

그리고 여기 다른 친구 한 명이 있습니다. 그에게는 아주 오랫동안 사권 여자친구가 있었는데 무슨 사정인지 헤어지게 되었습니다. 차인 것도 아니고 찬 것도 아닌 서로의 암묵적인 합의에 의해서였으니 오랜 시간을 사귀며 서로에게 지친 듯했습니다.

시간이 조금 지난 뒤 그 친구와 술을 한잔하게 되었고, 맛있는 갈매기 살을 구우며 가볍게 물었습니다.

"괜찮냐?"

서로가 진지한 대화에 거부감이 있는 사이인지라 집중 토론의 장을 만들지는 못했지만, 그 친구 역시 가볍게 대화를 받았습니다.

"그냥 아무 생각이 없네. 요즘엔 뭘 해도 재미있지 않아. 감정이 없어졌다고나 할까……."

열심히 뛰던 심장이 코드라도 뽑아버린 것처럼 '삐-' 소리를 내며 수평으로 찍힐 때의 그 느낌을 모르는 바 아니었습니다.

"알지, 그 느낌. 희로애락의 감정은 느껴지지 않고 그냥 멍한 상태 말이야."

"응, 맞아. 나쁘지도 않지만 좋지도 않아. 슬프지도 않지만 기쁘지도 않아. 지금 이 상태대로라면 김태희랑 소개팅을 해도 반갑지 않을 것 같아."

물론 실제로 김태희와의 소개팅이 주선된다면 뭘 입을까부터 고민할 녀석이라는 것을 알고 있지만 평소 오버액션의 달인이었던 그가 이 정도로 차분해진 것에서 '이별'의 무게감을 실감했습니다. 그 무게의 후유증으로 멈춰버린 심장을 다시 뛰게 할 기술 따윈 저에게는 없다는 것도요. 차라리 한껏 우울해 있다면, 밑바닥까지 다운되어 있다면 좀 더 위로의 말이 쉽게 나올 수도 있었겠지만 끝내 '힘내라.'는 한마디 말도 못한 채 술만 마셨습니다.

저는 그의 심장이 아니기에 대신 뛰어줄 수 없습니다. 헤어져서 잘했다느니 혹은 다시 잘해보라는 참견은 그에게 도움이 될 것 같지 않았습니다. 그저 묵묵히 우스개 소리라도 받아주고, 실없는 말에도 웃어주면서 함께 해줄 뿐입니다. 제 심장이 멈췄을 때 친구들이 저에게 해줬던 것처럼요.

저는 지금 연애에 관한 에세이를 쓰지만 이별의 무게로 멈춰버린 당신의 심장을 대신해 뛰어줄 수 없습니다. 단지 쉽지 않은 일을 감당해내고 있는 당신을 공감하는 이가 여기에도 있음을 알아주었으면 좋겠습니다.
공지영 님의 말씀처럼 "많은 날들이 있습니다. 그것을 믿으십시오."

차가운 옷깃을 여미는 십일월

시간이 해결해 줍니다.

"운명 같은 거 잘모르겠지만 늘 생각하는 게 있긴 해.

있지, 제대로 전달이 될지는 모르겠지만……

아무리 친한 사람이 있어도 만나지 않으면 그 사람은 죽어 버려.

사람은 다 죽잖아. 그러니까 안 만나는 사람은 죽은 거나 다름없는 거야.

지금 너하고 이렇게 손잡고 있지만, 손을 놓고 헤어지면,

두 번 다시 못 만날 가능성도 있는 거잖아?"

"아무튼 내가 하고 싶은 말은, 좋아하는 사람하고는 계속 만나야 한다는 거야.

무슨 일이 있어도."

— 가네시로 가즈키의 《연애소설》 중에서

남자친구와 헤어지고 몇 주 뒤 전화가 왔습니다. 그 당시 그에 대한 저의 마음은 반반이었습니다. 지독하게 밉고 꼴도 보기 싫으면서도 이 사람이 다시 돌아오겠다고 말하면 못이기는 척 받아 줄까?

그리고 아마도 저의 마음은 후자에 가까웠나 봅니다. 전화가 안 왔으면 하면서도 한편으로는 그 전화가 반가웠으니까요.

"잘 지내?"

힘들게 꺼냈을 법한 첫마디였을 텐데 저는 마음과 달리 냉정하게 잘라 버렸습니다. 차인 주제에 전화까지 상냥하게 받아 줄 정도로 속없는 여편네는 아니었으니까요.

"잘 지내. 왜 전화했는데?"

그는 뒤이어 몇 가지 안부를 묻더니 우리의 헤어짐에 관한 이야기를 늘어 놓았습니다. 자신이 내린 선택이 얼마나 힘든 것이었는지, 자신도 얼마나 아프고 괴로운지에 관해서요. 이렇게 할 수밖에 없는 자기를 이해해 달라고 했습니다.

하지만 이해할 수 없었습니다. 이해하는 척하며 그를 붙잡고 있었던 시간의 분노까지 폭발해버릴 지경이었습니다. 당신이 얼마나 아픈지 충분히 알고 있지만 내가 얼마나 아플지에 관해서도 생각해 보라며 소리치고 싶었습니다.

하지만 결국엔 서로가 뻔한 자기 주장만 되풀이할 것을 알기에 아무 말도 나오지 않았습니다.

"그 이야기하려고 전화했어? 끊는다. 앞으로 다시는 전화하지 마."

이렇게 매정한 말투에 그는 슬프다는 듯이 말하더군요.

"너 정말 냉정하구나?"

"하하……."

웃음만 나왔습니다. 한달 사이 5킬로그램이나 빠지고 밤마다 수면제를 먹어야 잠을 잘 수 있는 저에게 냉정하다는 말을 하다니. 🙂

솔직히 말하면 그가 이별을 겪으며 죽을 만큼 아파했으면 좋겠다고 생각했습니다. 그러면 최소한 몇 년 동안이나 사랑했던 제 마음이 보상받을 수 있을 것 같았습니다. 그에게 저라는 존재가 큰 의미였음을 확인하고 싶었습니다.

이별을 겪으면 사람들이 으레 해주는 조언이 있습니다.

"시간이 약이야. 좀 지나면 괜찮아질 거야."

하지만 저는 그 말이 화가 날 정도로 듣기 싫었습니다. 시간이 약이 되기까지 얼마나 많은 시간을 보내야 하는 것입니까? 한 달? 두 달? 일 년? 십 년? 설마……, 평생요? 그런 것도 가르쳐 주지 않으면서 그저 시간이 약이라니……. 😭

그로부터 2년이 지난 후, 이때만 생각하면 살짝 쓴웃음이 나왔습니다.

'나도 참……. 서로에게 좋을 것 없는데 악한 감정 많이 가졌었구나…….'

가끔씩 심장의 한 귀퉁이가 욱신거릴 때도 있지만, 제 자신에게 많이 편안해졌습니다. 좋은 사람이었고, 그 사람으로 인해 좋은 기억들도 많았기 때문에 후회하지 않습니다.

저는 다시 일상으로 돌아왔고, 더욱 소중한 것들도 생겼습니다. 언제나 곁을 지켜 주는 가족들과 친구들, 그리고 새로운 일과 새로운 경험들, 보잘것없는 글을 지켜봐 주는 사람들과 아직도 여행 가보지 못한 미지의 세계들……. 시간이 약이더군요.

참한 아가씨 만나 행복하게 잘 살라는 빈말도 못할 정도로 심보가 고약한 저지만 하지 못한 인사는 해야 할 것 같습니다.

"고마웠어. 그리고 정말 당신을 사랑했었어."

우리는 지금 가장 맛있는 '현재'를
살아가고 있습니다.

누군가는 다가올 서른이 두렵기도 하겠지만

누군가는 지나간 서른이 그립기도 하답니다.

몇 달 전 백조가 된 친구가 있습니다. 주로 집에만 있다 보니 케이블 TV를 자주 보게 되고 하루는 인기리에 방영되었던 ≪삼순이≫ 재방송을 봤던 모양입니다. 늦은 밤, 그녀의 전화를 받은 저는 한껏 격양된 목소리를 들을 수 있었습니다.

"야, 나 좀 전에 삼순이 봤는데 충격받았잖아."

자려고 누웠다가 무슨 일인가 싶어 물었습니다.

"왜? 뭘 봤는데?"

"한참 재미있게 보고 있는데, 알고 보니까 삼순이가 우리보다 나이가 어리더라고!"

그녀의 말을 듣고 곰곰이 생각해 보니 삼순이 나이는 서른이고 우리들의 나이는 서른 둘이었습니다. 그 드라마를 볼 때만 해도 스물 아홉이었던 터라 공감은 하면서도 삼순이보다 어린 것을 위안 삼았는데 말입니다. 잘 밤에 무거워지려는 가슴을 털어내며 그녀를 위로해 줬습니다.

"나 요즘에 ≪달자의 봄≫을 보고 있는데 달자는 서른 세 살이야. 아직 1년 남았으니까 너무 걱정하지마."

몇 년 전인가 Kazune Kawahara의 ≪선생님≫이라는 만화책을 읽었습니다. 고등학생인 히비키와 세계사 선생님인 이토의 사랑 이야기가 때로는 가슴 아프게 때로는 행복하게 다가오는 잔잔한 내용이었습니다. 순

수한 히비키가 귀엽기도 하지만 어른스러운 이토 선생님이 좋아서 만화책을 읽는 내내 설레는 마음이었습니다.

그렇게 한참을 재미있게 읽고 있는데, 놓칠 뻔했던 중요한 사실 하나를 발견해버렸습니다.

'헉! 이럴 수가!'

누구보다도 다정하고 어른스럽고 듬직한 이토 선생님이……. 저보다 어린 것이었습니다!! 선생님이니까 당연히 나이가 많을 것이라는 자연스러운 생각에 금이 가는 순간이었습니다. 아니, 선생님보다도 나이가 많아지는 제 자신에게 충격이었습니다.

이제는 슈퍼의 알바생을 '학생~'이라고 불러도 어색하지 않고, 목욕탕의 우유 아줌마가 '애기 엄마~'라고 불러도 어색하지 않은 나이가 되었습니다. 나이를 먹을수록 연애를 할 만한 상대방의 선택 폭은 좁아지고, 이렇게 늙어버린 자신을 사랑해 줄 사람은 있을까 불안해집니다.

오래 전에 읽었던 ≪모리와 함께한 화요일≫이라는 책을 최근에 다시 읽고 있습니다. 루게릭 병으로 죽어가는 모리 교수가 사랑하는 제자인 미치에게 해주는 이야기들 중 이런 내용이 있습니다.

"미치, 늙은 사람이 젊은이들을 질투하지 않기란 불가능한 일이야. 하지만 자기가 누구인지 받아들이고 그 속에 흠뻑 빠져드는 것도 중요하지. 사실, 내 안에는 모든 나이가 다 있네. 난 3살이기도 하고, 5살이기도 하고, 37살이기도 하고 50살이기도 해. 그 세월을 다 거쳐왔으니까 그때가 어떤지 알지. 어린애가 되는 것이 적절할 때는 어린애인 게 즐거워. 또 현명한 노인이 되는 것이 적절할 때는 현명한 어른인 것이 기쁘네. 어떤 나이든 될 수 있다는 것을 생각해 보라구! 지금 이 나이에 이르기까지 모든 나이가 다 내 안에 있어. 이해가 되나?"

모리 교수님의 말처럼, 저는 실수로 가득 찬 스무 살을 살았고, 사랑에 빠졌던 스물네 살을 살았고, 상처받았던 서른 살을 살았습니다. 그리고 지금은 어떻게 기억될지 모르는 서른두 살을 살고 있습니다. 부디 훗날 기억하게 될 저의 서른두 살은 행복하고 의미 있었던 나날들이었다고 기억하길 바래봅니다.

다가올 미래는 현재의 자신이 만들어가는 것이고, 지나간 과거 또한 현재의 자신이 만들었던 것들입니다. 그러니 우리는 두려움이나 불안은 떨쳐버리고 멋지게 기록될 '현재'를 살아야 합니다.

사랑하는 사람의 동반자가
되어주세요.

다친 달팽이를 보게 되거든
도우려 들지 말아라.
그 스스로 궁지에서 벗어날 것이다.
당신의 도움은 그를 화나게 만들거나
상심하게 만들 것이다.
하늘의 여러 시렁 가운데서
제자리를 떠난 별을 보게 되거든
별에게 충고하고 싶더라도
그만한 이유가 있을 것이라고 생각하라.
더 빨리 흐르라고
강물의 등을 떠밀지 말아라.
강물은 나름대로 최선을 다하고 있는 것.

_장 루슬로

"종교가 어떻게 되세요?"

불과 1년 전만 하더라도 이런 질문엔 항상 같은 대답을 했었습니다.

"남편교요."

여기서 남편교에 대한 설명을 덧붙이자면 사실상 무교이나 결혼하고 나면 남편의 종교에 따르겠다는 의미입니다. 짜달시리 남편을 받들어 모시고 가족에게 헌신하겠다는 현모양처의 마인드를 가졌던 것은 아니었고, 안 그래도 점점 좁아지는 남자 선택의 폭에서 종교로 인해 그 퍼센트를 줄일 수 없다는 얍삽한 머리 굴림이었습니다.

그런 저에게 하늘의 축복이 내리시어 머리 굴림 없이도 남자친구가 생기게 되었습니다. 이제는 술자리마다 커플들 사이에서 애써 의연한 척할 필요도 없고, 심심할 때마다 전화해도 즐겁게 받아주는 누군가가 생기게 되었습니다. 전화를 안 받으면 화를 낼 수 있다는 약간의 보너스도 따라 오고 말입니다.

그런데 처음엔 마냥 좋던 것이……. 저도 사람이라고 화장실 갈 때와 나올 때의 생각이 틀리더군요. 남자친구만 생기면 뭐든지 들어주고 싸우는 일 없이 현명하게 대처해야겠다고 마음 먹었었는데, 시간이 하루 이틀 지나니 그의 단점들이 슬슬 눈에 거슬리기 시작했습니다.

워낙 귀찮은 일을 싫어하는 터라 잔소리도 심하게 하진 않지만 그 빈도 수는 초반보다 잦아지더군요.

"또 게임 방송 보고 있었지? 그 시간에 책을 읽는 게 도움이 되지 않을까?"

"하루 종일 잤어? 그런다고 피곤이 풀려? 나가서 운동 좀 해."

그러다 하루는 전화를 끊고 씩씩거리고 있던 중 예전 일이 생각났습니다.

"만화책 좀 그만 보고 영어 공부 좀 하지?"

"술 좀 그만 마시고 운동 좀 하지?"라고 잔소리했던 그 누군가가요.

그때는 그 소리가 듣기 싫어서 같이 빽빽거렸습니다.

"그렇게 싫으면 나 영어 공부를 시켜주든지 운동을 같이 해주든지 하면 될 것 아냐? 해결책도 제시해 주지 못하면서 만날 잔소리만 해!"

그때 그렇게 싫었던 것들을 저는 지금의 상대방에게 하고 있었습니다. 물론 잔소리를 해서라도 나쁜 점이 있다면 고치도록 해야 합니다. 하지만 그것은 방관자의 자세가 아니라 동반자의 자세여야 합니다.

행동으로 보여 주는 것이 말로 잔소리하는 것보다 어려운 일이라는 것은 누구나 알고 있습니다. 그럼, 자신은 쉬운 일을 하면서 왜 상대방은 어려운 일을 해야 하는 것일까요? 같이 노력해 보고 그래도 안 된다면 잔소리를 해도 늦지 않습니다.

조급하게 생각하지 말고 천천히 하세요. 저도 게으른 제 자신부터 고쳐나가는 노력을 해야겠습니다.

하얗게 되돌아가는 십이월

도전만이 살 길입니다.

No Rain No Rainbow

비가 내리므로 무지개도 뜬다.

_ 다카하시 아유무의 ≪LOVE & FREE≫ 중에서

요즘 한창 선을 보고 있는 친구가 최근에 만나고 있는 남자에게서 프로포즈를 받았다며 이야기를 했습니다. 평소 간간이 그 남자에 대한 이야기를 들었기 때문에 대충의 상황 전개는 알고 있었고 그다지 좋은 인상은 아니었습니다. 나이가 많고 뚱뚱하고 머리가 벗겨지는 외모 때문이 아니라 심심하거나 필요할 때만 연락하는 태도 때문이었습니다. 2~3주 혹은 한 달에 한 번씩 연락하던 남자가 프로포즈를 한 것도 이상했지만, 그것을 이제까지 받아들이고 만난 친구도 이상했습니다.

저는 그저 한마디만 했습니다.

"네가 결정할 문제겠지만 그 남자, 별로 다정해 보이진 않아."

친구는 피식 쓴웃음을 지으며 말했습니다.

"이젠 다정한 것 싫어. 차라리 서로가 아무 감정 없는 것이 상처받지 않고 편하지 않을까?"

그녀의 말에 예전 일들이 떠올랐습니다. 별을 따오라면 별을 따다 줄 정도로 그녀에게 다정했던 한 남자가……. 시퍼렇게 날이 선 도끼로 그녀의 발등을 찍고 달아났는데, 그 상처가 아직도 아물지 않았나 봅니다. 저는 어떤 말로도 그녀를 치유해 줄 수 없다는 것이 안타까웠습니다.

"그래도 꼭 너에게 잘해 주는 사람을 만나. 어떻게 끝나든 뒤돌아 봤을 때 좋았던 기억이 하나도 안 난다면 그것도 참 불쌍한 인생이지 않아? 그 사람에게 상처를 받았어도 같이 있었을 땐 꽤 행복했잖아."

그녀는 한숨을 내쉬며 짧은 말을 이었습니다.

"그래서 더 힘들어."

몇 번의 실패와 몇 번의 아픔을 겪다 보면 사람 만나는 것이 참 무섭습니다. 자신이 상처를 줄까봐 무섭고 자신이 상처를 받을까봐 무섭습니다. 누구나 의지와는 상관없이 호감이 가는 상대방을 만나고 사랑에 빠지고 싶지만, 이 사랑이 또 어떻게 변할지 몰라 무섭습니다. 다시금 상대방을 믿고 가슴을 열 수 있을지 의심스럽습니다.

결혼하기 직전에 학력과 집안과 직장을 속인 것이 들통나 파혼한 이야기나, 몇 년간의 연애 끝에 결혼했지만 그렇게 잘 안다고 생각했던 배우자의 바뀐 모습에 상처받은 이야기들을 들으면 어린 시절 문방구 앞에서 하던 장난감 뽑기가 생각납니다. 두근거리는 심정으로 원하는 장난감이 나올까 싶어 레버를 돌리지만 어떤 것이 뽑힐지는 아무도 모릅니다. 어떤 아이는 원하는 것이 나올 때까지 매일매일 동전을 넣기도 하고 어떤 아이는 지레 포기해버리기도 합니다.

인생이 내 마음 같을 수는 없습니다. 마음에 드는 것이 생길지, 마음에 들지 않는 것이 생길지는 레버를 돌려보기까지 아무도 모릅니다. 그러니 단지 원하는 장난감을 뽑지 못했다고 하여 문방구 근처엔 가지 않는 어리

석은 짓은 하지 마세요. 언젠가는 마음에 꼭 드는 장난감을 손에 넣을 수 있을 것이라 믿으세요. 아무리 힘들고 상처가 따갑더라도 다시 사랑할 수 있을 것이라 믿으세요.

우리 서로 행복해져요.

어느새 해가 저물고 문 앞엔 내가 아닌 너의 남자가 나타나고

나에게 짓던 그 예쁜 미소로 그 사람을 반갑게 맞이 하고 있어

넌 정말 행복한지 뭔가 잘못된 것 같진 않은지

넌 그게 맞는 것 같은지

그 미소가 진짜인지 지금 니 앞에 그 남자의 자리

그거 원래 내 자리잖아.

_박진영의 〈니가 사는 그 집〉 중에서

기온이 영하로 떨어졌던 아주 추운 날, 비까지 부슬부슬 내리는데 압구정으로 나갔습니다. 샌프란시스코에서 사는 지인이 오랜만에 귀국해서 만나러 간 것이었습니다. 자주 만날 수도 없고 그렇다고 자주 대화를 하는 것도 아니었지만, 좋은 사람을 오랜만에 만나니 추운 날씨쯤은 아무것도 아니었습니다. 저희들은 가까운 어묵바로 가서 언 몸을 녹이고 그 동안의 회포를 풀었습니다.

급하게 술을 마셔 조금 알딸딸해졌을 때 그 분은 제 예전 남자친구 소식을 전해 주었습니다. 연락은 하지 않지만 잡지에 실린 것을 보았다며 대단한 친구라는 칭찬까지 곁들어 주었습니다. 저는 어묵 국물을 후루룩 마시며 웃었습니다.

"아마 그 사람은 더 잘될 거예요."

밤 늦게 집으로 돌아와서 TV를 켜니 박진영의 〈니가 사는 그 집〉이라는 노래가 나왔습니다. 길에서 우연히 예전 여자친구를 발견하고 따라가 보았더니 예쁜 아이, 그리고 자신이 아닌 다른 남자와 살고 있더라는 내용이었습니다. 그 노래의 가사를 들으니 오래 전에 보았던 ≪이휘재의 인생극장≫이 생각났습니다.

'그래, 결심했어.'라는 말을 유행시킨 그 프로그램은 한 주인공이 선택의 갈림길에서 어떤 선택을 하느냐에 따라 다른 인생을 살게 됩니다. 예전 남자친구가 헤어지자고 했을 때 그 손을 놓지 않고 계속 붙잡고 있었다면 저는 지금 어떤 인생을 살고 있을까요?

이런 생각이 든 것은 헤어진 옛 연인에 대한 미련 때문이 아니었습니다. 그저 곁에 있는 한 사람으로 인해 자신의 인생이 얼마나 바뀔 수 있는지에 대해 생각해 본 것이었습니다.

누군가로 인해 저의 인생이 변하고 또 저로 인해 누군가의 인생이 변합니다. 그저 사랑하는 사람과 함께 있는 것만으로 모든 것이 핑크빛이었던 세계가 조금은 묵직해진 느낌입니다. 체중계도 두 사람이 올라가면 더 많이 나옵니다. 하물며 인생이라는 저울에 하나가 아니라 둘이 되었는데 좀 더 무겁지 않겠습니까?

며칠 뒤, 인사동의 햇볕 잘 드는 카페에서 새로 사귀게 된 남자친구를 기다렸습니다. 차가운 바람에 볼이 상기되어 들어온 그는 늦어서 미안하다는 사과부터 했습니다. 저는 마시고 있던 따뜻한 유자차를 건네며 언 손을 비벼서 녹여 주었습니다.

문득 열심히 살아야겠다는 생각이 들었습니다. 제가 그의 인생을 변하게 만들 수 있다면 그가 좀 더 나은 방향으로 갈 수 있도록 노력하고 싶어졌습니다.

저로 인해 그가 행복해진다면, 그로 인해 제가 행복해진다면, 그것이 우리가 함께 하는 이유가 아닐까요…….

새로운 사랑이 생기면
아픔은 잊혀지기 마련입니다.

걱정적으로 사는 것......

지치도록 일하고 노력하고 열기 있게 생활하고 많이 사랑하고,

아무튼 뜨겁게 사는 것, 그 외에는 방법이 없다.

산다는 일은 그렇게도 끔찍한 일, 어려운 일이다.

그러나 그만큼 더 나는 생을 사랑한다.

집착한다.

_1964년 4월 1일 전혜린

한 남자가 있었습니다. 그에게는 6년 동안 사귄 사랑하는 여자친구가 있었습니다. 남자는 평범한 집안에 평범한 직장에 평범한 연봉을 받으며 생활했고, 여자는 백화점에서 몇백만 원짜리 반지도 그냥 살 정도로 잘 사는 집안의 딸이었습니다. 그런 그녀를 위해 남자는 번 돈의 전부를 쓰며, 그렇게 해서 겨우 균형을 맞추며 6년 동안 데이트를 하였습니다.

이 남자에게는 인터넷 사업으로 잘나가는 친한 선배가 있었습니다. 친구만큼이나 가까운 사이였기에 여자친구와 데이트를 할 때마다 불러내어 함께 어울리곤 했습니다.

그런데 어느 날부터 여자친구가 점점 연락을 뜸하게 하면서 멀어진 듯한 느낌을 받았습니다. 이 문제로 고민하던 남자는 술이나 마시자며 회사 동료들과 술집을 가게 되었습니다. 그리고 그 곳에서 자신의 여자친구와 선배를 보았습니다. 6년 동안 지켜온 사랑은 그렇게 깨졌고 남자는 죽을 만큼 아파했습니다.

여기까지 이야기를 들은 저는 "에휴……. 그 남자 억울하겠어. 어떻게 그런 일이 다 있냐?" 며 안타까워했습니다. 하지만 친구는 그 뒷이야기를 더 해주더군요.

"그래서 어떻게 됐는 줄 알아? 그렇게 괴로워하더니 일주일 만에 다른 여자친구가 생겨서 만날 싱글벙글하면서 다닌다는 거 아냐!"

친구는 마지막으로 한마디를 보냈습니다.

"연애가 그런 거야. 새로운 사랑이 생기면 아픔은 잊혀지기 마련이지."

연애에 관한 에세이를 쓰다가 머리도 식힐 겸 TV를 틀었습니다. 드라마에서는 죽어가는 아이를 살리기 위해 고군분투하는 의사들의 모습이 나오고, 뉴스에서는 원인 모를 화재에 관한 안타까운 소식들을 보도하는 중이었습니다. 문득 '나는 도대체 뭘 하고 있는 것일까?'라는 생각이 들었습니다. 세상은 이리도 급박한데 고작 사랑이야기나 끄적거리고 있다니……. 스스로가 한심하게 느껴졌습니다.

그래도 쓰기 시작한 글이기에 마무리를 지으러 다시 컴퓨터 앞에 앉았습니다. 그때 퇴근을 한 남자친구에게서 전화가 오더군요.

"저녁은 챙겨 먹었어? 일은 잘 돼가?"

순간 저녁으로 먹었던 묵직한 떡이 목에 걸려 있다가 위로 내려가는 느낌이었습니다. 좀 전까지 꾸물꾸물하던 마음이 편안해졌습니다.

"응, 하고 있어. 조금만 더하면 돼."

"무리하지 말고 쉬엄쉬엄 해."

"알았어. 끝나고 전화할게."

전화를 끊고 모니터를 바라보는 제 얼굴에는 미소가 지어졌습니다.

잊지 않고 먹으려고 컴퓨터 옆에 둔 비타민보다 그의 전화 한 통에 힘이 생겼습니다. 저는 현실에 살고 있고, 현실에서는 슬픈 일도 기쁜 일도 기다리고 있지만, 박카스 한 박스의 위력을 발휘하는 전화 한 통도 있습니다.

연애가 그런 건가 봅니다.

지나간 연애도 물론 소중하지만 그것들은 저에게 '희망'과 '기대감'으로 가슴을 두근거리게 만들진 못합니다. 그저 아련한 감상이든 가슴 아픈 후회든…… 미래와 연결되어 있진 않은 것입니다.

서로가 같은 기억을 만들고, 같이 앉아서 그 기억들을 이야기할 수 있는 '살아 있는 연애'가 좋습니다. 그것이 앞으로 더 많은 날들을 살아가게 만드는 힘이기 때문입니다.

나에게 바치는 십삼월

우리는 매일
배우고 있습니다.

웃어보려 해도

웃어보려 해도

웃음이 나오지 않아

거울 앞에 와서

물끄러미 바라보는

내 얼굴이여

평생이 한꺼번에

부끄럽구나

_ 김형영의 〈거울 앞에서2〉

어느 날, 친구가 드라마 줄거리를 읽다가 문득 궁금해져서 남편에게 물었습니다.

"오빠 나 만약에 딴사람이 좋아져도 나 계속 사랑해 줄 거야? 오빠한테 돌아올 때까지?"

그러자 그녀의 남편은 단번에 잘라 말했습니다.

"아니."

그녀는 무드 없는 남편을 나무랬습니다. 빈말이라도 돌아올 때까지 계속 사랑할 거라든가, 뭐 그 비슷한 말이라도 해주길 바랬지만 그녀의 남편은 다시 한번 짤막하게 대답했습니다.

"사랑은 혼자하는 게 아니야. 혼자하는 건 병이지."

연애라는 것에 '실패'라는 단어를 쓰기에는 부적절함을 알고 있습니다. 하지만 그 뒤에 오는 상실감과 고독함은 어떤 실패보다도 고통스러운 경험을 하게 해줍니다. 학교나 직장 생활처럼 혼자서 수습하고 납득하고 반성하고 더 나아지기 위해 노력한다고 해서 되는 일이 아니기 때문입니다. 잘 하지 못한 자신에 대한 자책과 같은 방향으로 나가지 못한 상대방으로 인한 상처를 모두 감당해야 하기 때문에 힘든 것입니다. 사랑은 둘이서 했는데, 상처는 혼자서 감당해야 하다니 이처럼 불공평한 실패가 어디 있겠습니까?

하지만 받아들여야 합니다. 받아들일 수 없는 현실을 받아들일 줄도 알아야 한다는 것을 배워야 합니다. 두 손바닥을 치면 손뼉이 되지만 한 손바닥을 치면 허공을 가르거나 타인에게 행사하는 폭력이 되는 것처럼 뛰어난 원맨쇼를 한다고 성공을 자신할 수 없는 것이 연애입니다.

있는 힘껏 노력했지만 그런다고 되는 일이 아니라면 나머지는 하늘에 맡기고 노력한 만큼 성장할 수 있는 자기 자신을 더욱 사랑해야 합니다.

이문재 시인의 ≪꽃이 져도 너를 잊은 적 없다≫는 시집에 이런 글귀가 있습니다.

'거울을 바라보며, 그러니까 자기 얼굴을 보며 웃음을 짓는다면, 그 사람은 행복한 사람이다. 거울을 마주보며, 삿대질을 한 적이 있다. 사진을 찍을 때도 웃는 적이 거의 없다. 자기애(自己愛)를 배우지 못한 세대가 있다. 소풍 가는 날이면 비가 오고, 내가 응원하면 지고, 내가 찍으면 떨어지고, 내가 사랑하면 상처만 남고…… 자기애가 없는 자존심은 악이다. 사회악이다. 살아온 날 가운데 최고였던 그날을 떠올리며 한번 웃고, 살아갈 날 가운데 최고일 그날을 떠올리며 또 한번 웃자. 거울 앞에서 하루에 두 번씩 웃자. 나를 위하여 하루에 두 번씩 웃자.'

오늘도 연애에 실패한 당신을 위하여 쓰는 이 글들은 연애에 실패한 제 자신에게 하고 싶었던 말들이며, 아팠던 기억들을 즈려 밟으며 앞으로 나아가기 위한 몸부림이었습니다.

상처로 인해 힘들다고 그냥 이 곳에 주저앉아 있고 싶진 않았습니다. 대단한 작품 앞에서 98%의 감동을 느낀 후 2%의 침을 뱉는다는 다카하시 아유무는 그 침 속에 '나도 절대 질 수 없다.'는 각오와 자신의 내일이 있다고 했습니다.

실패가 결코 대단한 작품은 아니지만 저도 그와 함께 2%의 침을 뱉아 봅니다. '나도 절대 질 순 없지!'

연애에 성공했든, 혹은 실패했든 우리는 나름대로 사랑하는 방법을 찾아가고 있는 것입니다. 그 과정에서 스스로가 성장해 나가기를 바랄 뿐입니다. 매일매일 거울을 보며 웃을 수 있는 그 날을 위하여……

사랑하는 사람들에게

　일을 하기 위해 컴퓨터 앞에 앉아 있을 때도, 여행을 다니며 지친 다리를 쉬기 위해 어느 골목 계단에 앉아 있을 때도 문득 생각나는 것들이 있습니다. 짧은 문장일지라도 저의 생각에 같이 공감해 주고 응원해 주는 SLR클럽에 세이방 사람들 한 분, 한 분의 이름들입니다. 평범한 일상을 살며 평범한 생각을 하는 저를 특별하게 만들어 주신 SLR클럽 여러분들을 기억하겠습니다. 그리고 자신의 이야기나 자신의 사진을 마음껏 쓰게 해준 친구들에게도, 무한 소재 제공으로 타이핑 속도를 빠르게 해준 진의와 희정이에게도, 저의 대나무 숲이 되어준 김군에게도 고맙다는 이야기를 해야 할 것 같습니다.

　술자리에서 시작된 잡담에서부터 한 권의 책이 만들어졌습니다. 기회를 준 미동오빠에게도, 게으른 저를 이끌어 준 장성두 실장님과 '체온365' 출판사 여러분들에게도, 전혀 모르는 사람에게 흔쾌히 일러스트를 주신 김미정 선생님과 반복된 수정으로 고생하시고 예쁜 일러스트도 그려 주신 Arowa & Arowana 디자이너에게도 고마운 마음을 전합니다.

　그리고 마지막으로……, 힘든 시기를 지나고 있는 저의 가족들이 힘내기를 바라면서 글로는 쓸 수 없을 만큼의 사랑을 전합니다. 언제나 한결같이 믿어 주어서 고맙습니다.

　사랑합니다.